CB059980

© Copyright 2023 Leo Chacra

Dados Internacionais de Catalogação na Publicação (CIP)
(eDOC BRASIL, Belo Horizonte/MG)

C431b Chacra, Leo.
　　　　A babá de Nova Iorque / Leo Chacra. – São José dos Campos, SP: Ofício das Palavras, 2023.
　　　　260 p. : 16 x 23 cm

　　　　ISBN 978-65-86892-89-5

　　　　1. Ficção brasileira. 2. Literatura brasileira – Romance. I. Título.
　　　　CDD B869.3

Elaborado por Maurício Amormino Júnior – CRB6/2422

Coordenação Editorial: Ofício das Palavras
Preparação de Texto e revisão: May Parreira
Capa e Diagramação: Soulftr

Ofício das Palavras
editora + estúdio literário

LEO CHACRA

A BABÁ DE
NOVA IORQUE

SUMÁRIO

INVERNO NA PRAIA 11
A REPÚBLICA DA SOLIDÃO 23
O BELO MECENAS 31
VIRGÍNIA 43
A TRUPE 63
    A casa da atriz 64
    A hegemonia do diretor. 67
    Rio 70
    Roosevelt 71
    Um por todos e todos por um. 74
    Lapa 78
    A travessia 80
    Triangulinho francês 83
    Comédia ou drama? 86
    Papagaio de pirata 89
    As Minas Gerais 93
    Final 97
A BABÁ DE NOVA IORQUE 103
O BAÚ 113
EU ERA A PROMESSA DO TEATRO BRASILEIRO! 121
MESA PARA 5 127
A FISIOTERAPEUTA 137

OS ARQUITETOS E O VENDEDOR DE CARROS 143
   1 145
   2 147
   3 149
   4 151
   5 153

OS IRMÃOS CHAVEZ 155
   Prólogo 157
   Capítulo 1 Choque 158
   Capítulo 2 Bahia Bucólica 160
   Capítulo 3 Cadê as Chaves? 165
   Capítulo 4 Por engano 169
   Capítulo 5 Ícaro 175
   Capítulo 6 Paraty 180
   Capítulo 7 Jéssica 183
   Capítulo 8 Giovanni 190
   Capítulo 9 Acho que Sei Quem matou Gabriela 193
   Capítulo 10 Barroco 195
   Capítulo 11 Herói 199
   Capítulo 12 Aventura 202
   Capítulo 13 Dez Anos Depois 208
   Capítulo 14 Fúria! 210
   Capítulo 15 Você Era Suspeito 214
   Capítulo 16 Olga Benário 218
   Capítulo final Love Story 222

ITAPORINHA 227
MEMÓRIAS PÓSTUMAS DE MACBETH 233
    Jonas 235
    Muralha de Adriano 237
    A carta 242
    Portão do castelo 246
    O assassinato 250
    Êxtase 254
    Historiadores 258

INVERNO NA PRAIA

INVERNO NA PRAIA

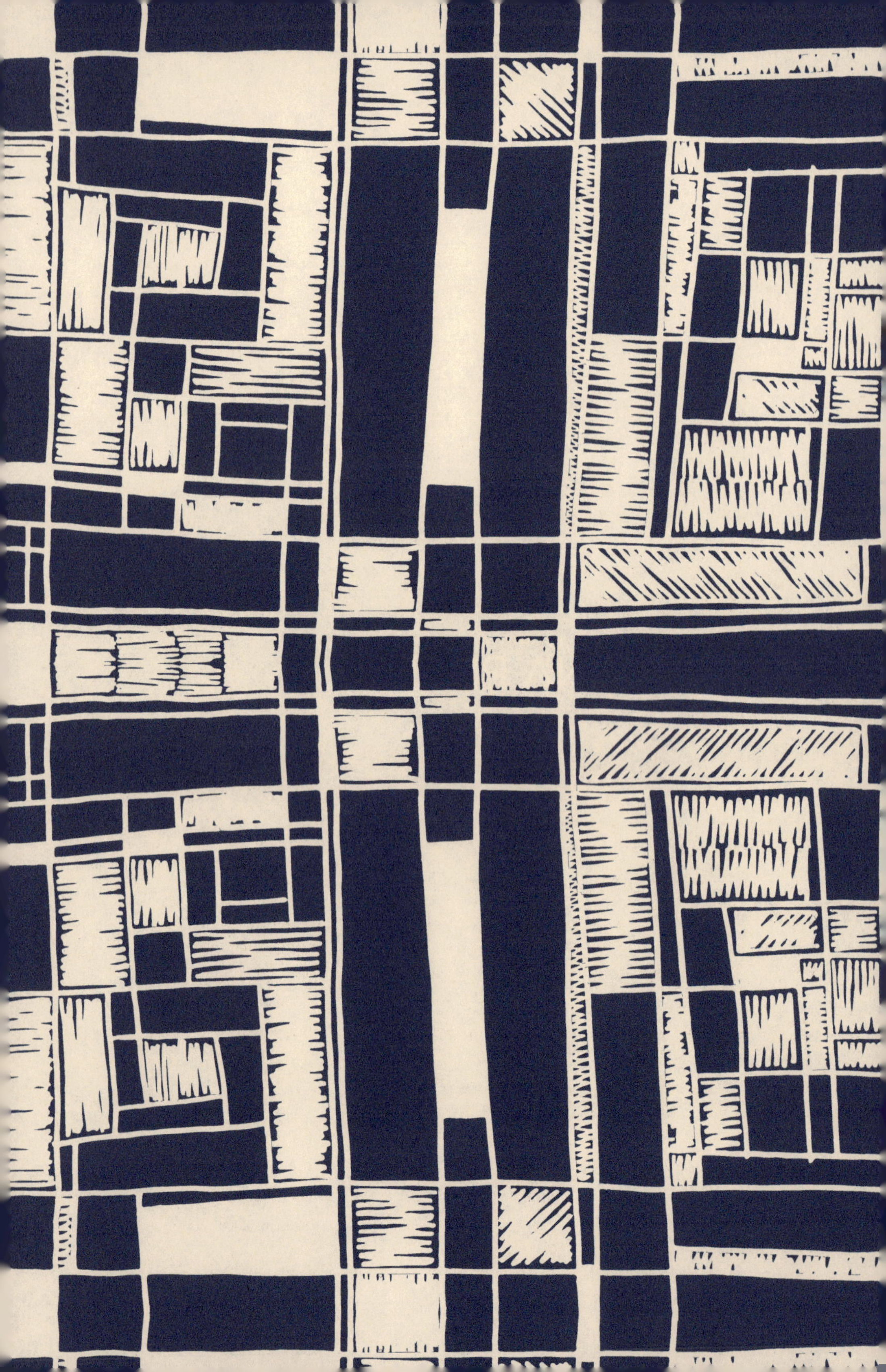

A estrada para o Litoral Norte, de São Paulo, é um verde sem fim. Saímos da maior metrópole do Hemisfério Sul e em poucos quilômetros entramos numa selva tropical.

Mas era inverno, e inverno em São Paulo é frio, mesmo na praia.

Logo caiu a noite e Bárbara, na direção do carro, pouco ou nada conversava comigo. Ela era linda de perfil, tínhamos parado no McDonald's e agora o som, uma banda de jazz contemporâneo e as luzes do túnel me causavam estranheza, tipo uma viagem sem "drogas". Provavelmente pela torta de maçã.

Íamos para a praia de Juquehy passar uns dias, a casa da Renata, amiga antiga do clube da Bárbara. Eu não sabia quem estaria lá. Provavelmente a bolha da Bárbara. Esse pessoal que estudou na Escola Americana e trabalha em mercado financeiro.

Eu tinha acabado a temporada de um espetáculo de teatro, em que tive um papel grande. Nunca fui protagonista. Depois da escola de teatro já fiz oito espetáculos profissionais. Mas foi um bom papel.

Vivo mais de publicidade e também comecei a dar aulas de interpretação. Como a Bárbara conseguiu uns dias de férias, meio que me desliguei de tudo.

Quando voltar para São Paulo começo a correr atrás de novo. Um pessoal me chamou para montar Shakespeare. Mas nada muito confirmado ainda. Mal sabem qual texto. Só decidiram que será Shakespeare.

Disse à Bárbara que iria fazer um Shakespeare. E ela já diz para todo mundo que farei um Shakespeare. Já que ela tem um namorado que não faz televisão, acabou achando que dizer que faço Shakespeare passa um certo respeito.

O caseiro abriu a portão da casa, depois que buzinamos. Um terreno grande e os carros ficavam longe da casa. Renata logo apareceu para nos receber, uma taça de vinho na mão.

Atravessamos um pátio com árvores enormes, a caseira ajudava o marido a descarregar nossas compras de supermercado e levaram a mala da Bárbara. Eu carreguei a minha.

Entramos na sala. Fui apresentado para Diogo e Roni. Eles estavam no meio de um jogo de cartas, numa mesa redonda enorme. A sala, bem grande, se misturava com as varandas formando diversos ambientes.

Nem percebi de onde ela veio. Parou ao meu lado e rindo disse: "Oi, sejam bem-vindos. Quer ver o quarto?"

Bárbara tinha ido olhar o mar com Renata. Os caseiros tinham sumido, e Diogo e Roni continuavam o jogo. Segui a menina. Ela me informou que se chamava Violeta e era a irmã da Renata.

Cheguei ao quarto, depois de subir a escada, ladeada por vidros que davam para uma das árvores centenárias do pátio; os caseiros já haviam saído. Violeta me mostrou o terraço, o controle do ar-condicionado, os armários.

Ela parecia uma gerente de pousada.

Depois me levou de volta à sala e ainda me serviu uma taça de vinho enquanto Bárbara e Renata voltavam da praia.

Como você está bonita, Violeta! Disse Bárbara, enquanto ela mesma se servia de vinho. Foi quando me dei conta que a doce Violeta era realmente linda. Ela havia sido tão simpática e eu estava ainda me adaptando à chegada que não notei, mas agora na luz, vi que ela ainda era mais bonita do que Renata e... me perdoe, mas também do que Bárbara.

A minha namorada não é exatamente uma beleza clássica, mas é extremamente sensual. Morena, um nariz Mediterrâneo, peitos grandes e perfeitos.

O sexo era muito bom com Bárbara. Já estávamos juntos há quase um ano. Mas não tínhamos uma intimidade daquelas que possamos nos dizer cúmplices.

E a coisa se dava mais por Bárbara ser fria. Não sei se fria é a palavra, mas era menos sensível do que eu. Não sei quanto tempo mais iria durar este namoro.

Fui com a minha taça até a praia. Estava escuro, mas podia escutar o mar. Quando voltei para a sala não vi mais Violeta.

Agora estavam os quatro sentados na mesa jogando. Diogo, que depois vim a saber, era publicitário, era muito simpático e engraçado. E a minha presença não o incomodou, me convidou para participar.

Roni, o outro, era forte de musculação, estava ficando careca, também trabalhava no mercado financeiro, e nem chegou a me olhar nos olhos.

Recusei as cartas, subi para tomar banho. Deitei-me na cama para ler, estava cansado. Bárbara apareceu, meio bêbada e começou a me beijar. Transamos e eu, ouvindo o mar, pensava em Shakespeare. Adormeci.

De manhã, acordei vendo Bárbara provando um biquíni no espelho do quarto. A visão era boa. Minha namorada realmente tinha um corpo bem-feitinho. Ela saiu dizendo que ia tomar café.

Vesti uma bermuda e camiseta, o dia era de céu azul e não estava frio. Passei pelo pátio das árvores e Violeta estava sentada num banco de madeira cantando um samba enquanto fazia carinho num cachorro vira-latas.

Visão poética, mas confusa. Uma enorme e rica casa de 700 metros quadrados, com uma menina que parecia estar numa comunidade, não fosse a pele branca e a cara de bem-nascida. E, claro, o samba cantado em francês. Eu ia passando sem querer incomodar, mas ouvi:

— Bom dia, Hamlet.

Me dei conta que talvez todos ali soubessem que iria fazer um Shakespeare. Depois de Violeta me perguntar se dormi bem, ela estranhamente me disse para encontrá-la na barra da praia, no riozinho.

— Tome café e depois vá até lá, eu te sigo Hamlet. Precisamos conversar.

Depois deu uma piscada e sumiu.

Na mesa, Diogo, o publicitário, tomava café e me sorriu. A enorme mesa redonda tinha bolos, frutas, pães e tudo que um hotel cinco estrelas brasileiro oferece.

Ele me apontou dois jornais e sorriu.

— Essa casa é maravilhosa, não?

Depois, chamou pelas caseiras. Apareceu uma de uniforme e me perguntou.

— O Seu Hamlet quer tapioca ou omelete?

Depois, ela pediu desculpa e riu, do trocadilho que acabara de fazer. Hamlet e omelete.

Tomei café preto, comi torrada com manteiga e um mamão. Li umas notícias, conversei brevemente com Diogo. Ele me pareceu o tipo de pessoa que concorda com o que você diz.

Voltei ao quarto, passei um pouco de protetor e segui para a ponta da praia, a tal barra do rio ficava a uns 600 metros. '

Violeta apareceu de biquíni amarelo. Ela tinha uma beleza clássica. Alta, magra, mas com curvas, seios médios, loira de cabelos curtos.

Depois de muito enrolar me chamou para atravessarmos o rio e conversarmos perto das pedras. Fomos.

— Bem-vindo à resistência.

Ela disse isso. Achei que tudo depois era um pouco delírio, mas tinha lá sua lógica. Violeta disse que queria junto com seu primo Artur que chegaria hoje, libertar a casa da dominação fascista da sua irmã Renata e seus hóspedes.

Ela deu a entender que Bárbara fazia parte da turma dos fascistas, mas eu era como ela, um revolucionário.

Explicou que seu falecido avô, filho de banqueiro, foi um intelectual, crítico literário e que não iria querer ver a casa que fez, nas mãos da sua irmã Renata a reacionária.

Achei aquilo tudo meio elitista e coisa de gente mimada. A casa era enorme, daria muito bem para Violeta usar metade da casa e Renata a outra metade sem serem importunadas uma pela outra.

Mas aquela menina me provocava e me tirava da realidade. Era bela e maluca. E ainda cantava samba em francês.

Apertei sua mão, e ela disse:

— Bem-vindo à resistência! Agora vamos nadar até as ilhas.

Olhei para as ilhas que estavam a dois quilômetros de distância, quando voltei a olhar para Violeta, ela alongava os braços.

Será?

Entramos na água e começamos a nadar. Dentro da água decidimos mudar nosso destino, ao invés das ilhas, seguimos para a praia ao lado, Barra do Sahy.

Violeta estava visivelmente cansada, mas continuava firme. Acabamos margeando as pedras e paramos na Praia das Conchas. Sentamos na areia. Ela sorria feliz por ter conseguido.

Eu olhava aquela menina com o biquíni amarelo e tão radiante, desejei agarrá-la, talvez ela quisesse também e toda aquela "história" de resistência antifascista fosse só para me pegar.

A minha dúvida aumentava um pouco devido à beleza da menina. Ela não me parecia o tipo de garota que precisa se esforçar para conseguir amantes.

Nada fiz e então resolvemos voltar. Ela talvez tenha pensado "caramba esse cara não me beijou", mas também não posso ter tudo nessa vida e minha namorada Bárbara deveria estar uma fera me esperando na casa.

Quando entramos no jardim vi um rapaz jovem, magro e feminino vindo em nossa direção trazendo água de coco. Era Artur, primo de Violeta.

Depois soube que os outros quatro, Renata, Diogo, o publicitário, Roni, o playboy, e Bárbara haviam ido a um elegante restaurante almoçar. Tanto melhor, eu não teria dinheiro mesmo.

Os drinks que Artur preparou foram fantásticos. O rapaz tinha um humor afiado. Comecei a me divertir ali com os primos Violeta e Artur.

As caseiras serviram o almoço e Artur me contou que avô dele e de Violeta foi um militante dos direitos humanos durante a ditadura. Conseguiu advogados para vários presos políticos.

À noite o "pelotão fascista" retornou. Para o meu espanto Bárbara não me cobrou nada. Aliás, apenas disse que me procurou antes de irem e como não me achou, partiram sem mim.

Bárbara nunca demonstrou ciúmes.

O frio da noite veio. Fui para o quarto ler. E novamente Bárbara entrou no quarto bem tarada e, por cima de mim, começou a transar loucamente. Aquilo me deixou um tanto desconfiado. Afinal, ela havia passado o dia com a amiga e mais dois homens. Dois casais.

Essas férias não duraram muito. No dia seguinte comecei a reparar que Violeta tinha razão. Os convidados da sua irmã Renata, incluindo Bárbara, não sabiam conversar. Eram fúteis, ouviam música ruim, alta e gritavam muito.

Até que aconteceu o inesperado. Roni, num ataque homofóbico não aguentou as ironias de Artur e deu um tapinha na cabeça do rapaz. Artur lhe jogou o vinho na cara.

Roni, então, acertou um soco em Artur, que caiu. Nesta hora estávamos todos na varanda. Violeta me encarou, baixei os olhos. Ela pegou uma cadeira e ia em direção de Roni. Eu entrei na frente e tirei dela a cadeira. Ela me olhou desamparada e ainda pude ouvi-la dizer:

— Não, por favor. Você é um dos nossos.

Não sei em que pensei, mas a cadeira ainda estava nas minhas mãos. Me virei com ela e acertei com muita força o Roni.

O cara era bem forte. Enquanto Artur ainda estava nocauteado no chão, Roni não chegou a sentir muito a cadeira e partiu para cima de mim.

Era um caos total, as meninas gritavam, e Diogo junto com o caseiro seguraram Roni.

Renata e Bárbara fizeram todos os homens irem para os quartos.

O inverno na praia terminava ali.

Arrumamos logo a mala e partimos.

Não cheguei nem a me despedir de Violeta ou de Artur. O caseiro abriu o portão e subimos a serra.

Dias depois meu namoro com Bárbara terminou.

Peguei uma peça de um autor contemporâneo norte-americano para ensaiar. Era um personagem muito bom. Não era o protagonista, mas era ótimo estar de volta aos palcos.

Do convite do Shakespeare, não soube mais. Mas nessa carreira é assim mesmo, não se pode planejar muito.

Na segunda semana da temporada da peça, num sábado, depois do espetáculo já estava indo embora, depois de três conhecidos me darem parabéns.

Quase na rua ainda escuto:

— Hamlet!

Me virei. Era Violeta. Desde o incidente eu não soubera mais dela.

— Que honra! A Resistência veio me assistir.

— Sim, e agora vamos sair, nós dois, para jantar e falarmos da peça.

E saímos, jantamos e nos casamos.

A REPÚBLICA DA SOLIDÃO

A REPÚBLICA DA SOLIDÃO

A REPÚBLICA DA SOLIDÃO

Minha avó morreu e eu herdei a sua casa. Difícil explicar, mas não fiquei muito abalado com a morte dela. Não nos dávamos bem. Fui criado por ela, nesta casa, no bairro mais nobre de São Paulo, o Jardim América.

Sim, meus pais me abandonaram para irem viver em Nova York, e cresci com minha avó e os empregados. Antes de o leitor ou leitora largar a história por crer que eu seja um personagem desinteressante, aviso que o que segue é deveras original e cheio de violência...

E também solidão.

Resolveu ficar, né? Mesmo que agora seja só você e eu, vamos lá, outros personagens irão surgir.

Nada da minha imaginação não, eles existem. Pessoas que não são ricas excêntricas como eu, ou ainda, que não viveram tão sozinhos como eu e nem precisam arrumar um emprego para sobreviver.

Coloquei o quarto da minha avó para alugar, num aplicativo. Apareceu, então, uma francesa, de nome Alex, que obviamente pela diária barata para a enorme suíte e linda casa, acabou aumentado o período de uma semana para três meses.

Conversávamos em inglês. Admirei aquela francesa que se jogava no mundo para viver aventuras; eu poderia fazer o mesmo, fugir de São Paulo e ir conhecer novas terras, novas pessoas.

Acontece que como fui abandonado por meus pais, resolvi que não iria fazer como eles, e partir. Alex era uma menina de 26 anos, eu tinha 28. A diarista vinha todas as manhãs e partia ao fim da tarde, de maneira que à noite éramos só nós dois.

Ela, ao mesmo tempo, não parecia querer se comunicar muito comigo, mas também não queria ficar sozinha. Uma semana depois, ainda não sabia quem ela era e nem o que viera fazer em São Paulo.

Só o que percebia é que havia um enorme mistério envolvendo aquela francesa. Também percebi que Alex não sabia nada de mim, fora o meu nome.

Ela abriu a garrafa de vinho, depois deu um sorriso, e disse um "viu como eu sou forte". Colocou então a língua para fora e fez o muque com o braço.

Um braço lindo, diga-se de passagem. Foi a primeira vez que a vi feliz. Coloquei um jazz e depois música brasileira, pedimos comida e nos beijamos. À noite na cama ela voltou a ficar triste, aquele instante de felicidade tinha sido breve.

Passamos a ficar mais íntimos, e Alex se mudou de vez para São Paulo. Conheceu meus amigos, ninguém acreditava que eu a havia encontrado no app de locação de quartos.

Tenho muitos amigos, dedico-me demais a eles, estou sempre arrumando tempo para encontrá-los. Num fim de semana levei Alex para o sul de Minas.

Para as montanhas, ela ficou fascinada com aquele verde todo, com as curvas de Minas, o seu mistério. Sim, dizem que em Minas nós nunca sabemos o que vem depois da curva.

Pegamos uma pousada, éramos os únicos hóspedes, talvez por ser no meio da semana. Uma funcionária nos preparava um café da manhã de fazenda de Minas Gerais completo.

Transamos na banheira, na varanda, nas árvores. Alex tinha uma enorme boca, era morena mediterrâneo e começava a esboçar sorrisos. Ela deve ter sido muito feliz, antes de ter acontecido o que aconteceu, seja lá o que tenha sido, abalou a menina.

Íamos às cachoeiras, tomávamos sol pelados, que não era nada demais para uma francesa. Ela adorou a cachaça.

Na pousada havia uma piscina de água natural cercada de pedras. Ela se bronzeava e curtia os cachorros do lugar, enquanto eu lia o romance *A Insustentável Leveza do Ser*.

Um dia, acordamos cedo e fomos fazer uma trilha, subir numa pedra até o topo da montanha. Lá sentados vendo o vale aos nossos pés, uma vista magnífica, Alex começou a me contar o que tanto a atormentava.

Ela tinha atropelado um garoto na estrada. Um acidente. E não tinha parado, fugiu. Ela queria saber se eu achava que o garoto tinha morrido ou se ele ainda estaria vivo.

O que eu podia dizer?

Então, ela suspirou, disse foda-se, "a vida continua". E ainda concluiu colocando o braço sobre meus ombros:

— Mesmo porque ele era um refugiado órfão. Era um acampamento com refugiados abandonados. A França é cheia desses árabes que não param de chegar.

Ainda tentou chorar, mas se levantou e sorriu.

— Mas agora está tudo bem, não é? Não vou ficar me culpando para sempre.

Me levantei também, segurei seu rosto, ela fechou os olhos achando que eu a beijaria. Então, dei uma cabeçada, que fez o seu nariz jorrar de sangue. E disse em português mesmo, enquanto ela ainda estava assustada e suplicando com os olhos:

— Essa é pelo pequeno Mohamed. Depois, naquela montanha, com pedras e árvores que não falam e nem escutam, eu a empurrei.

Ela caiu gritando.

Por fim, eu disse calmamente.

— E essa é por mim.

Também sou um órfão, que fui abandonado. Aquele casal que hoje deve estar em Nova York, me adotou e depois me deixou ainda criança pequena, assim como Alex deixou o garoto na estrada.

Fiquei bem. Liguei para a polícia e comuniquei o triste "acidente".

Nunca me senti tão livre, e tão só.

O BELO MECENAS

O BELO MECENAS

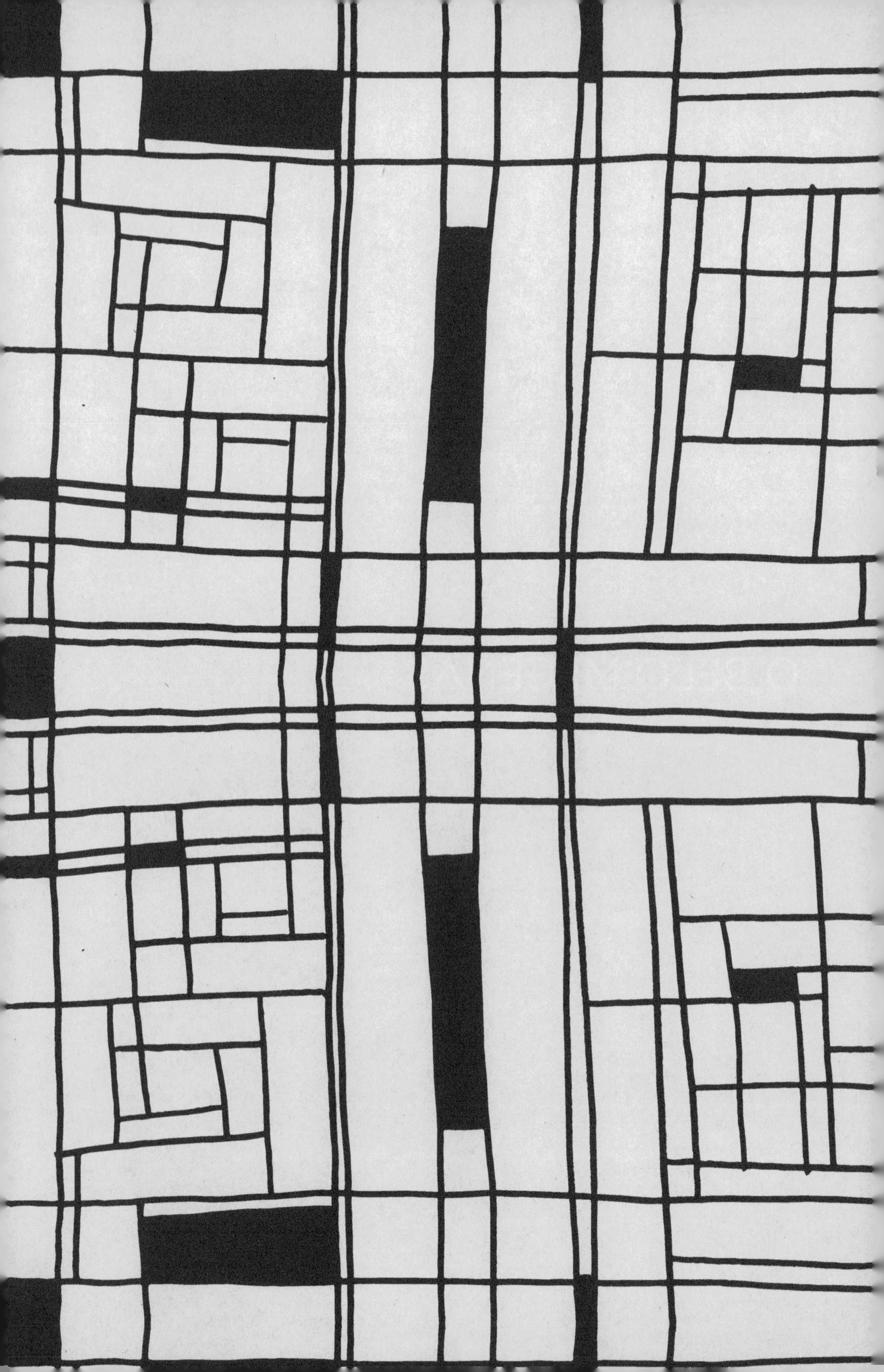

Pedro resolveu convidar o elenco de uma peça de teatro para jantar na sua casa, no bairro de Alto de Pinheiros. Ele havia herdado uma fortuna, e agora aos 40 anos, depois de tentar por décadas ser artista, resolveu ser mecenas, produtor e incentivador das artes. Comprou, então, uma enorme casa que reformou com um grande e premiado arquiteto.

A casa era grande, a intenção era fazer uma espécie de salão cultural, e passou então a dar jantares para artistas, galeristas de arte e artistas de teatro e da música.

Nos jantares, às vezes almoços, convidava grupos pequenos, todos podiam apreciar não só a deliciosa comida, bem como sua coleção de arte contemporânea.

E assim, seguia sua vida, quando não estava viajando pelo mundo procurava ver a cena paulistana de teatro, que mesmo antes das artes plásticas era a sua verdadeira paixão. Assim como fiéis vão à igreja, Pedro frequentava as artes. E acabou assistindo a uma peça de Nelson Rodrigues que o deixou estasiado.

Convidou o elenco da peça e alguns artistas, colecionadores, escritores, jornalistas... A fauna de sempre, que já eram habitués e traziam as novidades da cidade e do mundo.

Não é preciso dizer que todos sempre badalavam e elogiavam Pedro. A qualquer momento ele patrocinaria um artista. Para todos, o mecenas era mais um patrocinador, ninguém jamais o vira como concorrente.

Aqui cabe um parênteses: Pedro era belo. O jovem mecenas era desprovido de talento, porém Deus havia dado a ele carisma, beleza, uma linda voz e muito, muito dinheiro, que usou para refinar a cultura.

Até os 30 anos Pedro foi inseguro, porque ainda desejava ser um artista. Mas quando realmente se deu conta de não ter vocação nem talento, resolveu se reinventar e se tornou um ser único e original. Um belo mecenas e incentivador das artes. E sendo assim, sua coleção de namoradas e amantes, jovens lindas, artistas plásticas, atrizes e cantoras era imensa.

O que tornava difícil saber qual era a coleção mais impressionante, a de obras de arte propriamente ditas ou a de ex-namoradas artistas.

A garota da vez se chamava Helena e era uma atriz praticamente desconhecida, ela fazia parte do elenco de Boca de Ouro, a peça do Nelson Rodrigues.

Helena foi uma das primeiras a chegar. A menina ficou impressionada com a iluminação da casa e tantos objetos e móveis bonitos. A casa embora grande e bem decorada, era aconchegante. O tipo de casa que todo artista desejaria ter, nem que fosse só por alguns segundos.

A jovem atriz não era propriamente uma pessoa materialista, ela escolhera a carreira de atriz porque realmente tinha alma de artista. Se contentava, ou ainda, ambicionava conquistas espirituais.

Viu três pessoas que não conhecia, que acabaram se apresentando para ela, só disseram os nomes e não o que faziam da vida. Ao se virar, depois de observar um quadro contemporâneo e se distrair com dois cachorros da casa, deu com Pedro.

O mecenas perguntou o que ela queria tomar. Ele a achou ainda mais sensual do que no dia que a vira em cena. Helena, para tentar vencer a ansiedade, aceitou a sugestão do vinho branco. Não era tímida, afinal atrizes, por mais que muitas insistam em dizer o contrário, não são tímidas. Mas podem ser bem enigmáticas.

Em pouco tempo, os convidados chegaram, e como era um dia de semana o jantar não demorou a ser servido. As pessoas se dividiram em dois grupos, um que se sentou na sala de jantar próxima à cozinha e outro grupo que ficou na grande mesa externa na varanda da piscina.

Pedro fez com que Helena ficasse próximo a ele na mesa de dentro. A atriz não conseguia relaxar de todo, porque mesmo sendo um jantar social, o clima na casa era de um misto de negócios e lazer. Aliás, como são a maioria dos jantares e reuniões na cidade de São Paulo.

O mecenas quis saber dos planos profissionais futuros de Helena. A atriz brincou dizendo que agora o plano era comer a sobremesa. Bem da verdade, ela tentou desviar a questão porque não havia nada na sua agenda, a não ser o de sempre, estar na ficha técnica de algum conhecido para disputar algum edital que, provavelmente, não pegariam, com um projeto comum e sem ambição. A não ser, claro estar em cena.

Era a deixa já ensaiada por Pedro para oferecer um texto de um norte-americano ainda inédito no Brasil, que ele gostaria de produzir. Helena se controlou e não conseguiu ser tão simpática quanto gostaria. Era muita pressão junta. Ela vislumbrou que aquilo tinha uma ponta de interesse, e um alerta foi acionado na sua cabeça.

Eram muitas emoções juntas, um delicioso jantar, num lugar muito agradável, com pessoas interessantes. Mas ela não conseguia relaxar. Pedro que, apesar de tudo, tinha uma sensibilidade para ler pessoas, percebeu e fez com que o outro convidado, um ator veterano, parasse de insistir neste rumo da conversa.

Apenas disse a Helena que em outra oportunidade conversariam mais. Foi aí que ela pôde soltar o ar e curtir melhor a música. Foi até a mesa da varanda encontrar os mais jovens do elenco.

Um deles, Rafael Esteves, se alegrou ao vê-la. Ninguém sabia, mas os dois vinham tendo um caso desde o meio da temporada. Tudo começou depois da comemoração da estreia quando dividiram um táxi para ir embora.

Um dos convidados foi para o piano e uma atriz começou a cantar com outro cantor, dando início a um sarau que iria noite adentro. Um vento gostoso soprava nas árvores do jardim.

Uma noite tão gostosa que todos ali se esqueceram de irem dormir como a maioria dos paulistanos, que acordariam cedo para trabalhar.

Dias depois, uma produtora, que trabalhava para Pedro, entrou em contato com Helena e enviou o texto do americano. Ela gostou muito, era realista e bem contemporâneo, havia sido montado em Nova Iorque, onde ganhou vários prêmios e depois teve uma montagem em Londres e duas novas iriam estrear em Madrid e Buenos Aires.

O diretor da montagem paulistana era também um nome relativamente conhecido, apesar de não estar entre os melhores dos melhores, era uma aposta que Pedro fazia. Ele queria um grupo que tivesse vontade de acontecer e não profissionais que pegassem mais um trabalho apenas por ter de pagar contas.

Não deseje o que você pode não gostar depois, é o que veremos em breve. Foi o que aconteceu com Pedro.

Como dissemos acima, atrizes são enigmáticas, e Helena fez Pedro ficar apreensivo na demora dela em se relacionar com ele. Mas foi numa saída para comer algo após um dia de ensaio, que o então produtor Pedro e a atriz Helena se beijaram. Não demorou e o beijo virou um romance e pouco antes da estreia assumiram o namoro.

Teatro é uma arte coletiva, mas o mundo do jornalismo e o público em geral, gostam de indivíduos e não de coletivos. E Helena foi a única da equipe indicada a vários prêmios.

Todos falavam na cena paulistana da atriz revelação. Nesse primeiro instante, Helena, que já havia se mudado para casa de Pedro, era muito grata a ele. E ambos comemoraram quando a chamaram para um longa-metragem.

Depois do longa veio um convite para uma série de TV. Essa foi um sucesso e teve uma segunda temporada, entre a primeira e segunda temporada, Helena ainda participou de outro espetáculo de teatro e ganhou dois prêmios importantes pela atuação no longa.

Nessa época, o casal já estava junto há um ano e meio. Foi quando veio um convite para um programa de TV. O piloto deu muito certo e Helena passou a ser parte do elenco fixo de debate de temas contemporâneos. O programa ia ao ar uma vez por semana.

Em pouco tempo a vida de Helena se transformou. A de Pedro continuou igual. O que a princípio para ele foi uma realização, ter descoberto um talento e Helena ir se realizando na artista que ele nunca foi, começava a incomodá-lo.

Ele passou a ser o que pejorativamente chamam de "papagaio de pirata". Helena de longe passou a ser o centro e protagonista do casal. Mesmo financeiramente ela não dependia mais de Pedro.

Helena a cada dia amava mais Pedro, e a estabilidade no relacionamento é que foi permitindo a ela focar suas energias no trabalho. Os convites profissionais chegavam um atrás do outro e Helena começou a recusar muitos deles, convites que até há pouco tempo ela se sentiria grata e feliz por receber.

Pedro, por sua vez, foi se isolando do mundo. Não deu mais jantares e pouco ou nada viajou. Certo dia ouviu uma música de piano que lembrou de um espetáculo de anos atrás em que ele havia trabalhado como estagiário.

Como ele era estudante de teatro, uma professora o chamou para ser operador de luz num espetáculo alternativo. Lembrou dessa época de quando ainda sonhava em ser ator e nada foi como imaginou. A verdade é que não sentia mais prazer em tentar ser ator, mas como continuou a conviver com gente do teatro, que ama o que faz, era também difícil essas pessoas entenderem que alguém que já pisou num palco, não queira mais voltar.

Helena, por sua vez, tão mergulhada no sucesso, não conseguiu entender o que estava deixando-o tão abatido e depressivo.

Na verdade, ela sentia o oposto, como já tivera outros namorados que não eram do meio artístico e não a apoiavam em nada, pelo contrário, a desestimulavam, em Pedro ela havia encontrado o parceiro ideal, e era muito grata.

Um dia ele se abriu com ela, e contou tudo o que estava

sentido. Helena ouviu tudo. Depois lhe disse que estava totalmente errado. Disse que, sim, ele tinha talento. E que por causa dele é que ela era hoje reconhecida. Por ele ter feito e produzido aquele espetáculo, no qual ela surgiu.

Disse ainda que um arquiteto não é o único responsável por uma obra-prima e sim também quem a encomendou. O cliente que pediu uma catedral era tão responsável pela obra de arte quanto o arquiteto, porque ambos realizaram aquilo. Pedro alegou que se não fosse por aquele espetáculo outro espetáculo iria surgir e Helena teria feito sucesso de qualquer maneira, com ou sem a ajuda dele.

Mas Helena alegou que ele também poderia ter chamado outra atriz, e que outra atriz teria também feito o sucesso dela. Acabaram exaustos e dormindo.

Com o tempo Pedro foi se alegrando e passou a dar novamente almoços e jantares. Resolveu produzir uma nova peça, que ganhou muitos prêmios. A carreira de Helena que parecia não ter limites, de uma hora para outra foi desacelerando.

O programa de TV não teve mais nenhuma temporada. Não apareceram mais convites para nada. A coisa entrou numa queda tão grande que Helena passou a tomar antidepressivos. Foi quando Pedro propôs a ela montarem um texto clássico de teatro.

Desta vez ambos se sentaram para decidir a ficha técnica. Aquele período de pré-produção e depois ensaios, foi a fase mais feliz na vida dos dois. A peça não foi indicada para prêmio nenhum, mesmo assim ambos estavam tão realizados com o trabalho que a energia chegava à equipe.

Foi com esse espetáculo que Pedro se deu conta de que

teatro é sim uma arte coletiva e que ele era uma peça essencial. E mesmo quando Helena lhe disse que iria largá-lo para ficar com o ator Rafael Esteves, que apareceu lá no começo da história, Pedro deu de ombros. Ele ainda produziria duas peças de Rafael e Helena.

Afinal foi graças a Helena que ele entendeu sua vocação e seu talento.

E Helena dizia que graças a Pedro ela seguiu seu sonho.

VIRGINIA

VIRGÍNIA

Gosto de números que nos classificam em tipos sociais. Quando tirei o meu DRT de ator existiam 27 mil atores em São Paulo. Acontece que desses 27 mil, só uns poucos 200 vivem de teatro, ou menos ainda. Se é que alguém vive de teatro. Nós sobrevivemos.

Há, também, segundo a receita federal e revistas especializadas em mercado financeiro, 220 mil brasileiros com mais de um milhão de reais. E mais ou menos seis mil pessoas no Brasil que possuem um patrimônio superior a dez milhões de dólares. E há, ainda, uns 100 brasileiros que possuem 250 milhões de dólares. Que no câmbio atual são um bilhão de reais.

Octávio, meu rival, provavelmente, ficava entre esses seis mil indivíduos de classe AA, que têm mais de dez milhões de dólares. Não sei exatamente quanto Octávio tem, talvez ele mesmo não saiba.

Já eu, estou entre os 90% dos brasileiros que ganham até três salários mínimos. Eu e Virgínia.

O leitor poderia pensar, então, que eu teria muito mais chances de namorar Virgínia do que Octávio. Só que no mundo real não foi o que aconteceu.

Chega de números e de denunciar a desigualdade do Brasil.

Me apaixonei por uma mulher materialista. Não a culpo. Uma jovem mulher bonita e atraente, que se quiser, terá fácil acesso ao que há de melhor num país desigual e que os ricos ostentam tanto.

Casas de praias, barcos, champanhes, sapatos, bolsas, carros e joias. Melhores hotéis, aviões particulares, festas, melhores academias e muitos empregados domésticos, enfim o luxo, a segurança.

Se você fosse Virgínia, leitora, também não pegaria a oportunidade?

— Conheci um cara ontem que me chamou para sair.

Virgínia me contou enquanto tomávamos café da manhã. Desde que nos conhecemos, fazendo uma peça, fomos morar juntos. O trato éramos dividir um minúsculo apartamento no centro.

Acabou que começamos a nos relacionar, o sexo era ótimo, mas Virgínia sabia que a minha vida sentimental era bem concorrida.

Como eu disse, é difícil viver só de teatro, eu tinha muitas amigas que me patrocinavam. Não vou mentir, algumas com idade para ser minha mãe, mas nos acostumamos.

Era a primeira vez, seis meses morando juntos, que Virgínia me falava de alguém de fora do nosso pequeno mundo.

E aí entra Octávio na nossa história. Ele a vira numa dessas academias de ricos nos Jardins, que dão permuta para modelos e atrizes jovens e lindas, o caso de Virgínia.

Dei de ombros e fingi desinteresse. Sim, me deu ciúmes, mas fazer o quê? Eu tinha dois testes de publicidade aquele dia. Um de manhã e outro à tarde. Testes presenciais e não vídeos caseiros, que fazemos e recebemos cachê teste.

Ou seja, pelo menos teria dois cachês naquele dia.

— Você está lindo. Ela me disse.

Dei um beijo nela e disse: "Até depois".

O primeiro teste ficava numa produtora na Vila Leopoldina, era de um banco e queriam um tipo como eu, logo, todos os atores eram pretos como eu. A maioria era pardo, ou parda, os dois únicos retintos eram atores amadores. Acho que me saí bem, encontrei os mesmos conhecidos de sempre, tipos específicos, três caras que estavam sempre nos testes que nos mandavam.

Almocei por ali mesmo. E tive que cortar a cidade para o outro teste que era no bairro do Campo Belo. Ali, não era um tipo específico, era teste para um filme de carro.

Perguntaram se eu sabia dirigir, claro que sei, mas não havia texto e nem nada, mesmo assim foram duas horas de espera até maquiar e me darem a claquete escrita Lipe Souza, 35 anos e 1,82 metros.

Pediram para eu tirar a camiseta também, provavelmente o filme mostraria alguma cena de praia ou esporte.

Virgínia não me mandou mensagens durante a tarde. Me respondeu no começo da noite, apenas que não voltaria para jantar.

Resolvi passar na Praça Roosevelt antes de ir pra casa, assistir a uma peça alternativa de uma amiga atriz. Depois tomei cerveja com alguns conhecidos e fui para casa.

Já era meia-noite e nem sinal de Virgínia. Onde ela poderia estar numa terça à noite? Provavelmente, foi jantar com o tal cara da academia.

Me deu um ciúme, mas depois pensei que ia acontecer cedo ou tarde e que nosso trato era sermos colegas que dividiam um apartamento e não namorados.

Desde que nem eu e nem ela levássemos ninguém para dormir em casa.

Comecei assistir a uma série. Adormeci, quando acordei estava quase amanhecendo e Virgínia ainda não tinha voltado.

*

Octávio quis ser arquiteto. Logo que saiu da escola entrou numa faculdade de arquitetura. Não era a melhor faculdade, mas arquitetura, diferente de direito e medicina, tem muito mais a ver com seus contatos do que ter ou não boa base acadêmica.

E Octávio tinha os melhores contatos, filho de um banqueiro, neto de um industrial, havia feito Escola Americana e frequentava o clube Harmonia.

O gosto pelo esporte começou a tomar mais tempo na sua vida do que os estudos. Acabou, aos poucos, largando a faculdade, repetiu um ano, não suportava mais desenhar.

Resolveu tornar-se investidor e com ajuda dos pais virou sócio em uma confecção de roupas esportivas para atletas de triatlom. O negócio foi bem, que lhe rendeu outra sociedade, numa academia de ginástica para jovens ricos, esportistas profissionais, celebridades e modelos.

Ambos os negócios deram certo. Apenas um terceiro, um restaurante no Itaim com dois amigos de infância não dava lucro, mas não chegou a dar prejuízo, e aquilo era bom para sua imagem.

Octávio não se formou. Largou de vez a arquitetura e passou a se considerar um empresário. A bem da verdade, não participava do dia a dia dos negócios, era mais um relações públicas.

Foi morar sozinho num enorme apartamento. Tinha dinheiro de sobra. Não era bonito de chamar a atenção, mas não era feio e era sarado, um corpo de atleta.

Foi nessa época que começou a sair com modelos famosas.

Namorou duas delas, e levavas outras para a casa em Laranjeiras ou a fazenda no interior de São Paulo.

Abriu uma filial da academia no Rio e alugou um apartamento por lá. Agora vivia entre Rio e São Paulo.

Passou a colecionar arte, adorava ir a vernissages acompanhado de belas mulheres, era paparicado e suas fotos saíam em tudo que é veiculo de chiques e famosos. Um dia recebeu um convite para uma vernissage de um ex colega da faculdade de arquitetura. Aquilo mexeu com ele. Chegou a comentar o caso com seu terapeuta. Foi exatamente nessa crise que Octávio conheceu Virgínia.

— Sou atriz. Do interior do Paraná.

Percebeu naquele momento que Virgínia tinha tudo para ajudá-lo na mudança de vida.

Octávio buscava, agora, algo que lhe faltava. A arte. Não como um colecionador de arte, mas viver perto da arte.

*

Virgínia apareceu com o sol, foi direto para o chuveiro. Minutos depois puxou a coberta e me deu um beijo de bom dia (boa noite).

Na manhã seguinte preparei um café da manhã para ela. Resolvi que não ia perguntar nada sobre a noite passada, onde ela estava ou com quem estava.

Virgínia passou a tarde arrumando a casa. Lavando as roupas, regando as plantas e limpando tudo. Tínhamos ambos uma leitura para ir naquela noite. Ela não parecia feliz, e me deu mais beijos do que o normal, beijinhos no rosto.

Chegamos numa casa antiga na Santa Cecília, um lugar que sempre tinha leituras. O texto que íamos ler era contemporâneo do próprio diretor, éramos seis atores, todos vestidos de preto como orientou o diretor.

Tínhamos feito dois ensaios, e o público, como é normal nesse tipo de evento, entre 20 a 30 pessoas. Por isso não foi difícil localizar a pessoa que destoava.

Geralmente, leituras de teatro tem como público a própria classe teatral. Mas só podia ser ele. No final da leitura, Virgínia me apresentou para Octávio, que foi extremamente simpático.

Ela o convidou para ir com a gente e o elenco jantar numa cantina italiana que tinha como clientes apenas artistas de teatro. Ele recusou, disse que ficaria para uma próxima. Deu parabéns a todos e se foi, ela o levou até a porta.

Depois da cantina, já em casa, Virgínia me disse que tinha um teste para fazer no Rio de Janeiro. A agente dela tinha mandado uma mensagem.

— Que ótimo! E quando você vai? Quer que eu te acompanhe? Vou adorar pegar uma praia.

Foi então que ela me contou que iria com Octávio e que ele tinha um apartamento no Rio.

*

Na manhã que chegaram, as cortinas do apartamento da Avenida Atlântica estavam abertas. Virgínia logo viu aquela imensidão de mar, é como se estivessem num navio, já que do oitavo andar não se via a avenida e os olhos iam direto para o mar.

Nem deu tempo de ver a decoração do enorme apartamento, correu para janela e disse para Octávio que aquele lugar era lindo demais. Foi a primeira vez que Octávio a via sorrindo de verdade, Virgínia estava radiante, alegre como uma menina e linda como uma mulher.

Talvez ela não fosse a mulher mais linda com quem Octávio se relacionou, mas tinha certeza de que, para ele, Virgínia era superior a todas as outras. A pele morena dela, a boca, seus peitos naquela regata branca sem sutiã, tudo era sublime.

Não era um dia de céu aberto e eles ainda teriam muito tempo para ir à praia. Octávio abriu um vinho branco e eles transaram ali mesmo na sala.

Dessa vez ela achou melhor do que na noite em São Paulo, transar de dia, sem obrigação de logo terem de dormir. E havia uma festa para irem à noite, na verdade era um jantar com poucas pessoas, mas todos eram importantes.

Pelo que Octávio havia resumido, seria um jantar ideal para Virgínia se lançar no Rio. Ele foi correr, mas ela ficou ali explorando o enorme apartamento dos sonhos.

Para qualquer lado ou janela que ela olhasse havia um canto extraordinário. Talvez não fosse um canto romântico como uma casa boêmia de Santa Teresa; naquele apartamento havia algo de luxúria, mas ao mesmo tempo poderia ter tanto a atmosfera tropical da Bossa Nova, bem como o glamour do rock dos anos 1970.

Lembrou-se de Lipe. O que será que ele estaria fazendo

naquele centro de São Paulo tão triste. Depois se lembrou do jantar, da festa. Será que a roupa que trouxera era ideal?

Octávio disse para ela não se preocupar porque todos no Rio são informais, e que uma mulher linda, mesmo vestida com simplicidade, estará sempre chique.

Foram almoçar ali no bairro do Leme. Octávio ainda mostrou a ela a praia, e os lugares do Leme, a entrada para a comunidade do Chapéu da Bandeira e também da comunidade da Babilônia. Depois voltaram para casa para descansar.

Virgínia acordou e conseguiu fazer fotos do pôr do sol. Era um dia perfeito, pediu para que nada desse errado à noite. Foi tomar banho para se arrumar enquanto Octávio lia.

*

Uma vez por semana, saio com minha amiga Débora para jantar e depois transamos. Não vou dizer que é bom, mas também não é ruim. Débora tem um marido 25 anos mais velho do que ela, se ela tiver no mínimo 50 anos, o sujeito deve ser bem idoso.

Diz ela que além de eles terem uma relação aberta, o marido está com câncer e em breve ela irá herdar uma boa quantia. Não sou ingênuo, acho que Débora ostenta mais do que tem. De qualquer forma, ela me deixa dirigir seu carro, e toda vez ela me leva num ótimo restaurante e me deixa pedir o que eu quiser.

Bebemos uma garrafa de vinho e partimos depois para um motel.

Ela começa me fazendo massagem, depois passamos para o sexo oral, que eu faço nela. Em seguida a coloco de costas e me esforço pensando em outras mulheres, imaginando conhecidas por quem tenho atração.

Depois que gozo, que conversamos um pouco da vida, fumamos e tomamos banho. Nessa hora, depois do banho, ela me dá 500 reais. A cada três semanas, digo que preciso de algo, então ela me faz um pix.

Algumas vezes, ela chama um Uber, outras ela mesmo me deixa em casa. Não posso reclamar. No fundo, a Débora é boa companhia, deve ter sido atraente até os 35 anos. Pena que não a conhecia antes, ou ainda, pena ela não ter 35 anos. Mas se ela tivesse 35 anos, talvez não precisasse pagar para alguém comê-la.

Não quero perder a Débora. Muito mais difícil é a Claúdia. Essa é uma advogada que tem talvez 60 anos, sem bunda, e que fica me lambendo e gemendo como se estivesse morrendo. Com Cláudia não há outro jeito a não ser usar estimulantes. A cada vez quer me dar uma gratificação diferente. Já cheguei a desistir da Cláudia, mas tem vezes que estou tão sem grana, que não há outro jeito a não ser atender aos caprichos de Cláudia.

Eu tento não envolver a Virgínia nessa minha outra vida. Aliás, como será que estão as coisas no Rio, eu me pergunto. Será que se a Virgínia abrisse caminho no Rio, eu também teria uma chance por lá?

Essa vida de fazer teatro esperando um dia fazer televisão está ficando longa. O teatro, pelo menos foi o que me disseram, era um período necessário para se tornar bom e depois um astro.

Hoje, cada vez mais percebo que uma coisa é uma coisa, outra coisa é outra coisa. Logo começarei a ficar velho, e não terei nem mais publicidade e nem coroas solitárias para me manter.

Já pensei em dirigir Uber, mas no fundo, tanto com Cláudia quanto com Débora, por pior que sejam, ainda é mais tranquilo do que passar 16 horas num carro. Mesmo porque com poucas amigas, posso ter tempo para ensaiar peças.

*

Era uma casa no Leblon, um condomínio de luxo chamado "Jardim Pernambuco". Os donos da casa eram de famílias tradicionais do Rio, ele do mercado financeiro e ela estilista.

À mesa, eram oito. Sim, apenas oito, não era propriamente uma festa, como Virgínia imaginara, era muito mais um jantar de jovens aristocratas. A casa contemporânea, enorme e linda, criada pelo arquiteto da moda dos muito ricos. Os convidados todos muito bem vestidos e simpáticos.

Virgínia, a princípio, achou fácil se integrar ao grupo. Mas, ao dar suas opiniões políticas, começou um mal-estar com uma das convidadas. Uma menina recém-divorciada, Carol, que estava há algum tempo de olho em Octávio, e começou a agredir Virgínia quase que de forma direta. Dando a entender que Virgínia não fazia parte daquele ambiente.

No fundo Carol acabou fazendo um favor a Virgínia, que caíu em si, e viu quem realmente era Octávio, apenas um playboy fútil.

Um dos rapazes, Bruno, apesar de aristocrata, muito culto,

tomou o lado de Virgínia, a discussão se equilibrou e todos voltaram a rir.

Depois do jantar Virgínia foi conversar com Bruno e seu namorado João Vicente. Se sentiu bem. Descobriu que Vicente, assim como ela, não tinha origem rica, nem vinha de família fina e tradicional. Vicente era chiquérrimo, mas era do interior de São Paulo, de Bauru. Sem fazendas e nem propriedades, seu pai era contador e a mãe, secretária.

Ela ficou mais calma e contou sobre a vida de atriz em São Paulo e sua infância no Paraná.

De volta ao apartamento de Octávio, não quis enfrentá-lo e não perguntou o porquê dele não a ter defendido. Ela pensou em fugir no meio da noite. Mas depois também refletiu e seria melhor resolver aquilo como adultos.

Apenas não deu certo com Octávio, acontece, ué. Quando retornassem para São Paulo, cada um voltaria para sua vida.

Levantou-se da cama, foi até a janela da sala olhar o mar. Na Avenida Atlântica, naquela parte do Leme, não passavam mais carros, era tudo um silêncio, só o barulho das ondas e um vento bom. Pensou em Lipe. Não tinham se falado o dia todo. Nenhum recado. O que ele estaria fazendo?

*

Quase sete da noite, quem poderia imaginar que por aquelas ruas do Pacaembu, eu fosse ser abordado pela polícia militar. Estava com a Marcela, uma fazendeira de 55 anos, que conheci por meio da Cláudia. Estávamos fumando um baseado e rodando com o carro pelas ruas do Pacaembu.

Acontece que uma "senhora" branca, num carro importado com um rapaz preto, não deu outra! A viatura nos parou. Começaram a me bater e queriam que a Marcela dissesse que eu era o traficante dela. Ela tinha maconha guardada no porta-luvas, que aliás, eu nem sabia. Uma quantidade bem pouca, mas o suficiente para nos levarem para a delegacia.

Lá ficaram insistindo para que Marcela me entregasse como sendo traficante. Coisa que ela não fez. Ao final, depois de me baterem muito e me colocarem numa cela, nos liberam com a condição de assinarmos um termo, nos comprometendo de aparecer em juízo, ou algo assim.

Não foi a primeira vez que fui parado pela polícia, e com certeza não seria a última. Marcela foi bem compreensiva, se sentiu culpada e me deu mil e quinhentos reais e disse que arrumaria um bom advogado para nós dois.

Conferi as mensagens, Virgínia tinha me escrito dezenas delas, dizendo que estava com saudades e que iria à Lapa ver um show. Perguntei como fora o teste, mas ela não chegou a visualizar.

*

Na manhã seguinte, o céu do Rio amanheceu completamente azul, sem nenhuma nuvem. Octávio e Virgínia atravessaram a Avenida Atlântica e encontraram Bruno e Vicente, que já estavam na Praia do Leme. Os quatro deram muitas risadas e toda aquela tensão em Virgínia, depois do jantar foi desaparecendo.

Aquele mar, aquelas pessoas cariocas, jogando futebol em rodas, os surfistas, os vendedores de cangas, era tudo mágico e delicioso. Era o Rio.

A noite Octávio a levou num bar na fronteira da Lapa com Santa Teresa. Era de um amigo dele, que além de filho de pecuaristas, amava o samba.

O lugar ficava numa rua tranquila, muitas árvores, mas havia três seguranças na porta. Assistiram a um show de uma sambista contemporânea que, naquela noite, cantava Cartola.

Virgínia teve aquela coceira, que toda atriz e ator tem ao ver alguém no palco. Aquela vontade de estar lá em cima, que só quem já esteve sabe o que é. Alguém pode desistir de ser ator, mas a vontade de palco, jamais! Ah, o palco! Cartola! Octávio deu um beijo em Virgínia e disse:

Vamos comigo conhecer o mundo? Tem tantos lugares que eu quero te levar. Prometo que você não terá mais que se preocupar com nada.

Aquele samba, aquela lua, as montanhas e depois o vento leve do mar que entrava na sala do apartamento.

Octávio tirou a blusa de Virgínia, ela era maravilhosa. Nessa noite, Octávio resolveu que se casaria com ela.

*

Dias depois, eu e Virgínia discutíamos a nossa relação. Eu não via problema nenhum em ela continuar morando comigo e sair vez ou outra com Octávio. Eu também tinha minhas amantes, que aliás, ficava cada vez mais difícil.

Uma fase de impotência me pegou. E eu além de não conseguir mais transar com minhas "amigas" clientes, tampouco estava conseguindo com Virgínia.

Ela passou a dormir quase todos os dias na casa de Octávio e eu sem nenhuma peça à vista, passava longos períodos acordando no meio da tarde e passando as madrugadas em bares no centro, cheirando e bebendo.

Me recordava de momentos que tive com Virgínia. Ela foi a única mulher com quem morei, com quem dividi as contas.

Um dia, ela apareceu em casa para buscar roupas e eu disse que a amava e que não a queria mais vivendo longe da nossa casa.

Mas ela estava mudada, e parecia não querer mais saber de mim ou daquele nosso pequeno e sujo apartamento minúsculo, no centro de São Paulo.

Eu insisti, falei que iria arrumar um emprego, e que tentaria fazer teatro à noite. Ela deixou as roupas caírem no chão, me beijou e ficou em casa.

Arrumei um emprego como segurança de um agiota. Eu só o acompanhava quando ia cobrar dinheiro de alguém. Nunca precisei bater ninguém, mas o cara, que havia conhecido em um bar no centro, logo voltou a cheirar e perdi o emprego.

Não apareci na audiência daquele lance da polícia com a maconha, a tal Marcela deu para trás e não me arrumou advogado nenhum. O que tornava a situação difícil para arrumar um emprego com registro e tal.

A solução foi aceitar uma vaga de segurança num hotelzinho na Augusta, onde as pessoas iam para transar. Minha função era que nenhum cliente desse problema, e não davam mesmo.

Eu estava feliz, ganhando dinheiro, casado com Virgínia e fazendo as coisas certas. Uma vida honesta. Já ela tinha feito um longa metragem, um papel pequeno, mas que a deixou muito otimista com a vida. Compramos um vinho para comemorar, mas uma semana depois ela chegou arrasada em casa.

Disse que o diretor só queria era comê-la, e que o filme talvez nem tivesse captado o dinheiro. Era tudo enrolação.

Nesse dia ela me disse:

— Lipe, eu só tenho você.

E senti seu corpo e toda sua fragilidade nos meus braços.

Numa outra noite, um cliente bateu numa menina, no hotel. Eu entrei no quarto, o sujeito era policial, estava armado. Me senti impotente, o que eu podia fazer? Ainda mais eu, que não havia aparecido numa audiência.

Acabei demitido. Foram dias difíceis, estávamos os dois sem dinheiro, sem trabalho, praticamente sem comida.

Quando voltei do bar numa noite, Virgínia não estava em casa. Nunca mais voltou.

*

O casamento foi em Trancoso. A família de Virgínia veio do Paraná, na verdade só a mãe, a irmã e duas amigas de infância. Foi uma cerimônia pequena, para umas 30 pessoas. Familiares e amigos íntimos de Octávio.

Foram viver em Lisboa. Octávio disse que Virgínia poderia começar a vida de atriz, ali. Moravam num lindo apartamento no bairro do Príncipe Real. Agora Virgínia tinha tudo. Começou a fazer academia, terapia e um curso de teatro. Comprava roupas, tinha empregada e ficou amiga de brasileiras blogueiras de moda milionárias. Iam para o Algarve, Londres e Paris. Um dia foram conhecer o Marrocos.

Falaram sobre ter filhos. Virgínia não acreditava na vida que estava levando, da infância humilde no Paraná, em cidade pequena, até a ida para São Paulo e agora se hospedando nos melhores hotéis do mundo, com um marido maravilhoso.

De volta a Portugal, chamou uma amiga brasileira, que havia conhecido no curso e resolveu produzir uma peça de um autor que ela havia visto em Londres.

Octávio lhe deu o dinheiro. Mas a peça nunca estreou.

*

Recebi umas mensagens da Virgínia, dizendo que sempre pensava em mim. Há mais de um ano, não recebia notícias dela, e coincidentemente, soube que ela estava fazendo teatro em Lisboa.

Eu, agora, era motorista de aplicativo e estava em cartaz num teatro alternativo, uma vez por semana. Dava uma meia dúzia de pessoas na plateia. Um dia não apareceu ninguém e cancelamos o espetáculo.

Também continuava a fazer testes de publicidade, de cada

15 ou 20 testes eu pegava um. Não podia reclamar. Minha vida seguia. Eu estava ficando mais velho, com dores nas costas. Sem ninguém, vivia só.

Aquelas mensagens me deixaram feliz, me deu uma saudade enorme de Virgínia. Respondi que eu estava muito feliz por ela. Contei da minha peça. Mas ela nunca chegou a visualizar minhas mensagens.

Dias depois eu soube o porquê.

Virgínia havia se matado.

A TRUPE

A TRUPE

A CASA DA ATRIZ

Como venho ensaiando uma peça de teatro, tive o desejo de tirar este texto da gaveta. É um conto sobre a história de uma trupe de teatro. Ou bem mais que isso. Abrem-se as cortinas:

— Eu quero juntar a trupe de novo.

Foi o que Mariana me dissera pelo celular. Ela com seus trinta anos era uma mulher sensual, peitos grandes, bunda maravilhosa, uma das pessoas mais incríveis que conheço. Sofisticada, culta, transitava tanto pelo drama como pela comédia.

Tinha o mesmo gosto do que eu para meninas. Isso mesmo leitor, Mariana é gay ou como a chamava "sapatinha".

A casa dela é a casa que gostaria de ter. Numa vilazinha. Cheia de fotos de teatro penduradas na parede. Bonecos, fantoches, pôsteres e figurinos. Lá estava a foto de uma outra menina que há dez anos eu só via na televisão e com quem nunca mais conversara.

— Dez anos depois e você quer juntar este bando de malucos? Para fazer o quê? — Perguntei à Mariana.

— Para montar um texto seu, Leo.

— Ah, mas não era Leo Martins Pena pra cá, Leo Suassuna pra lá? E de repente juntar pessoas que brigaram faz uma década para montar um texto meu? Uma Farsa?

Éramos a TRUPE, talvez o período mais feliz da minha vida. Nunca chegamos a ter reconhecimento, nem de público e nem de crítica. Mas nós nos amávamos. Na verdade, eu amava Beatriz, Mariana amava Beatriz, Duda amava Beatriz, Rodolfo amava Beatriz, Fred amava Napoleão e Napoleão, Fred. E Beatriz amava...

— Ela te amava, Leo.

— Se me amava, como é que se casou com o Rodolfo?

— O Rodolfo é muito mais gostoso — provocou Mariana.

— E, como uma Sapatinha, como você pode saber que tipo de homem é gostoso ou não?

— Sabe que você, às vezes, pega pesado?".

— Sei. Mas comparado a você, sou um doce.

O fato é que o grupo terminara. Duda, nosso diretor, estava num sanatório. Fred agora fazia musicais, Napoleão embora não tivesse muito talento para stand-up havia cismado que era um humorista. Já Bia e Rodolfo haviam se casado e moravam no Rio, onde trabalhavam na televisão.

— E você está fazendo o que agora?

— Tenho um blog. — eu disse.

— Para quem dizia que iria ser um grande dramaturgo.

— Eu nunca disse isso.

— Uff! Um blog. E deu de ombros. Temos que começar tirando Duda do hospício.

Eu já estava indo embora, mas parei. Minha raiva não era da Mariana. Como ter raiva de uma mulher talentosa, linda e que ainda acreditava que eu era um "grande" dramaturgo. Minha ira era ela ser homossexual. Era Bia ter casado com Rodolfo e não comigo. Era Bia ser famosa. Era... De nunca mais ter sido feliz como fui com eles, com a Trupe. No fundo, até o Rodolfo eu amei. Amei todos eles, Napoleão, Fred, Duda.

— Mari, um grupo precisa de uma fé para existir. A nossa era de sermos profissionais. Tivemos começo, meio e fim.

— A nossa fé era a de sermos felizes e fomos.

— Eu ainda tomei mais uma cerveja. Me deu uma vontade de dormir na casa da Mari. Mas o que ela precisava de mim? Do que? Fora indicada ao Prêmio Shell. Estava com dinheiro. Tinha talento e por último eu não era mulher, logo...

— Você merece, Leo. Chegou a sua hora de ser reconhecido.

— Sem essa, Mari. Agradeço, mas se eu continuar aqui... Nos falamos. Vamos ao cinema essa semana.

Levantei-me. Deixei o copo de cerveja na mesa e comecei ir em direção da porta.

— Eu estou morrendo Leo.

Voltei-me, seu olhar era sincero. Demos um abraço. E ali prometi que não contaria para ninguém. Reuniríamos a Trupe, sim. Dez anos depois, mas eles não precisavam saber da doença da Mari. Seria bem mais difícil. No fundo a caçula, Mariana, sempre fora a mais amada e a mais talentosa.

A segunda jornada seria reunir todos. Iríamos atrás de um por um a começar por Duda, claro o diretor, no hospício.

— Você deveria pedir um texto para Maria Adelaide Amaral — eu disse. Ela sorriu e respondeu.

— Leo você é bom, acredite.

Bebemos ainda uma vodca e fui para o quarto de hóspede. O dia seguinte seria puxado.

A HEGEMONIA DO DIRETOR

Não foi difícil achar o enorme Instituto Bairral, em Itapira. Com vários pavilhões, lembrava muito uma universidade com o campo e árvores. Ou ainda uma fazenda. Deu-me vontade de passar férias ali. Mas Mari e eu tínhamos uma missão, achar Duda e leva-lo embora dali.

Os artistas de teatro quando estão trabalhando estão bem. É o teatro que dá disciplina e não a tira, como muitos pensam. E Duda por mais doido que fosse, era um diretor invisível. Embora ele tivesse surtos e delírios, ele estragaria um texto meu. Seu estilo nunca foi o de atravessar um texto, ou seja, a obra é que prevalecia e não o diretor com suas viagens. E ele era um excelente diretor de atores, era o que eu precisava e queria.

A família dele permitiu que o visitássemos.

— Qual é o plano? Perguntei para Mari.

— O escritor criativo é você.

Não havia plano. Chegaríamos, o colocaríamos no carro e iríamos embora. Sem o truque da loteria, sem fingirmos que éramos psiquiatras nem nada. Vimos Duda na piscina, no pavilhão dos jovens excêntricos com propensão para o uso de entorpecentes.

Quando nos reconheceu abriu um sorriso e gritou:

— Jesus e Nossa Senhora vieram me visitar! — Mal estacionamos e perguntamos para ele:

— Quer ir embora?

— Quero.

Entrou no porta-malas. Passamos pela guarita, devolvemos os

crachás, andamos alguns quilômetros, o tiramos do porta-malas e agora estamos na estrada. Indo buscar Napoleão em um stand-up, em Campinas.

— *Vocês já pensaram em algum teatro?* — *quis saber Duda. Lembrei de quando morávamos juntos e nos três anos em que o grupo existiu.*

O stand-up já havia começado. Nós três quase não conseguimos lugar na plateia. Eram constrangedoras as piadas de Napoleão, não eram ruins, eram péssimas. Eu sempre o achei um grande comediante e definitivamente aquilo não era sua praia, mas não é o que ele achava.

— Não posso sem mais nem menos voltar a fazer teatro, tenho inúmeros shows marcados pelo Brasil. Na minha agenda não cabe, pelo menos agora.

— Uma leitura, pelo menos — tentei ainda como último recurso.

— Não — ele respondeu, virou-se e começou a tirar a maquiagem no espelho do camarim. Sim, Napoleão fazia stand-up maquiado com uma leve base.

— A Bia vai ficar tão chateada — arriscou Mari.

— A Bia aceitou? Ela vai montar um espetáculo com vocês?

Quando Napoleão soube que Bia, uma celebridade televisiva tinha aceitado, mudou de ideia.

— Uma leitura, acho que não tem problema. O personagem é grande, né?

— É a sua cara. Você vai adorar — disse Duda.

— E você Duda, por onde andava? Anos que não te vejo, nem

sei dos seus trabalhos.

— Nova York, meu amigo. Montei o espetáculo Instituto Bairral por lá. Um sucesso.

— Sei. E quando vai ser esta leitura."

— Não se preocupe, estou dando um último ajuste no texto. Mas provavelmente esta semana. Te ligamos — eu disse.

— Mas com antecedência. Minha agenda é cheia. Conforme for, mando um substituto fazer minhas participações em shows."

Despedimo-nos e seguimos para São Paulo. Bem agora éramos quatro.

Mari na direção ainda disse:

— Alguém aí pode entrar no decolarpontocom? Acho que hoje é um bom dia para irmos jantar no Rio.

RIO

Duda nos confessou no voo para o Rio, ainda no mesmo dia ou noite agora, que estava muito feliz com o convite para voltar a dirigir.

— Eu amo ser diretor — ele disse para uma comissária de bordo.

Diferente do que imagino que Bia deva causar num voo, ou num aeroporto quando surge uma atriz global, Mari passa totalmente despercebida. Eu fico pensando, mal eles sabem que estão ao lado de uma das maiores atrizes do Brasil.

Pousamos às 22h. Seguimos de táxi para o hotel em Copacabana, o mesmo hotel em que a Trupe ficava quando trazia os espetáculos para o Rio. Tive noites de amor fantásticas com Bia. Sim, eu namorei a Bia durante dois anos, até ela me trocar por Rodolfo.

Fred ou Frederica, como nós o chamamos, sempre foi o melhor amigo ou amiga de Bia. Duda queria montar uma comédia, aliás, Duda só monta comédias. Conhecemo-nos no Célia Helena, uma escola de teatro.

Eu trouxe Napoleão, sempre acreditei nele, até demais. Um dia Napoleão vai ter a sua chance. Ele já namorava Fred e tanto eu, como Duda já pagávamos pau para a famosa Beatriz. Na época, famosa na Praça Roosevelt e hoje nacionalmente conhecida. Aliás, nunca mais foi vista na praça.

ROOSEVELT

Mari foi um achado. Foi a Bia que a levou um dia, num ensaio: "Duda testa essa menina! Ela parece ser ótima." Pediu a Bia. E era. A melhor. Um dia, apareceu também o Rodolfo. No começo foi bom, ele era divertido, jovem e ótimo ator. Daquele tipo hétero, artista sensível, meio bicho grilo, não muito culto. Talvez, por isso, ideal para a televisão. Ele junto com a Bia, deram muito certo em cena.

Depois de um tempo a Bia terminou comigo. Eu não podia imaginar que fosse por causa do Rodolfo. Até hoje, não entendo. Mas ele muito mais do que eu, não tinha nada de tímido e se misturava com grandes atores e diretores e levava Bia junto em bares. Conheceram jornalistas, produtores de TV...

Já eu e Duda só pensávamos no grupo, na Trupe e não nos empenhávamos em nos tornar conhecidos. Hoje, vejo que foi um grande erro.

Mari era vista em cena e sempre choviam convites. Acho que foi Rodolfo que levou a Bia para a TV. No fundo, acho que ela sempre gostou de teatro. Mas vai ver é tudo a mesma coisa, não sei. Eu nunca fiz TV. Frederica fazia os figurinos. Eu escrevia e também atuava. A luz, o cenário, a direção, tudo o Duda. Mari, além de atriz, produzia junto com Napoleão. E assim foram os três anos mais felizes da minha vida. Mesmo depois da Bia terminar comigo, eu tinha a minha melhor amiga: a Mari.

Passamos a ser grudados. Cantávamos meninas, as mesmas, íamos às baladas e bebíamos demais. E principalmente, Mari nunca dizia não a uma estreia ou peça. Éramos a dupla. Mas Mari pertence ao mundo. Muitos diretores e diretoras se apaixonaram pelo seu talento. E ela se foi.

— Vou deixar vocês jantarem sozinhos. Tem muito tempo que não pego uma praia, vou dar um mergulho.

Foi inútil dizermos ao Duda que estava noite. E como ele precisava daquela liberdade, o deixamos ir.

Prometeu que não se perderia e ele sabia muito bem voltar para o hotel.

Jantamos em Ipanema, num lugar da moda e bem agradável. Mari e eu. Resolvemos que só procuraríamos Bia e Rodolfo no dia seguinte. E voltamos para o hotel, para o meu antigo quarto com Beatriz.

— Você não prefere dormir com o Duda e eu durmo sozinha?

Eu disse que não.

— Quando foi que você descobriu a doença?

— Há uns meses. Eu tinha muita dor de cabeça, confusão, um cheiro de queimado... Enfim, o médico suspeitou dos sintomas. É um tumor.

— E para quando é?

— Você pode acordar com uma morta do seu lado.

— Não fale assim, Mari.

— Você que perguntou. Pode ser a qualquer momento.

— Sabia que se você gostasse de homem, eu te chamaria para sair?

— Eu gosto de homens, Leo. Claro que desde que eles sejam sensíveis, cultos e sem pelos. Ela riu. Era muito bom dividir um quarto com Mari. Ela fora apaixonada por Bia, desde sempre e me viu namorar Bia durante dois anos, nunca teve a menor chance com ela e nem por isso reclamava.

Com Duda era diferente. Nem sei se ele realmente foi assim tão apaixonado, e tinha a sorte de ser a única pessoa no mundo de quem Bia tinha medo e muito respeito. Ela dizia sempre: "Sim, diretor". Para tudo. Os diretores têm esse poder sobre as atrizes. Já os autores...

— Mari eu tenho que te confessar, você tem um corpo!

— Meu Deus! Apague a luz, que obsessão.

— Quem sabe não é a sua última noite...

— Leo, você às vezes é tão babaca, mas tão babaca... Como você pode brincar com algo assim? E depois, se acreditasse realmente que era a minha última noite, eu preferiria muito mais aquela aeromoça, que o Duda ficou paquerando do que você! Vamos combinar, né?

— É realmente a aeromoça... Mas e a hostess do restaurante?

— Boa noite, Leo.

Dormir ali em Copacabana ao lado da Mari foi tão gostoso.

— Mari obrigado — diss ela ainda de costas para mim na cama.

— Leo, durma. Porque amanhã nós vamos nos encontrar com ela. E quem sabe como vai ser?

— Boa noite, Mari.

UM POR TODOS E TODOS POR UM

Quem abriu o elegante apartamento no Jardim Botânico, foi ninguém menos do que Frederica. Ele estava mais magro do que antigamente. Convidou-nos para entrar e não entendemos nada, ainda mais com o sumiço do Duda, que não apareceu de manhã. De manhã, entenda-se ao meio-dia, que foi o horário em que acordamos.

— O que você está fazendo na casa da Bia? — eu quis saber.

— Eu moro aqui — Frederica respondeu.

Explicou-nos que quando estava em cartaz num grande musical, como ele disse, se hospedava na casa da amiga Bia.

— E cadê o Rodolfo e a Bia? — perguntou Mari.

Fred fez uma cara de espanto.

— Então vocês não sabem?

Não. Não sabíamos que Bia e Rodolfo já não estavam juntos há um ano. Frederica nos contou que Rodolfo conhecera uma menina, uma atriz de 19 anos e se apaixonara. Bia por sua vez havia conhecido um publicitário quarentão. A separação foi numa boa, porque nenhum dos dois se aturava.

Depois de separados voltaram a sair juntos e em casal. Bia com o publicitário e Rodolfo com a atriz adolescente. Dois meses depois, Bia pegou o publicitário quarentão com a menina adolescente.

— A mesma? — Mari colocou a mão na boca.

— A mesma — contou Frederica, que agora estava satisfeita com tanta fofoca.

Minutos depois Bia chegou. Entrou na sala, nos viu e parou. Ficamos os três nos olhando. Até que Frederica cortou o silêncio.

— Vieram almoçar conosco. Eu já mandei a Marlene ir ao supermercado.

Foi uma choradeira. Dez anos sem nos ver e sem conversar.

— Por que ficamos tanto tempo sem nos falar? — quis saber Bia. Ninguém sabia. Ninguém se lembrava. Napoleão brigou com Fred, eu com Bia, Duda brigou com o Rodolfo, e Mari? Mari não brigou com ninguém.

Contamos a história toda aos dois. Que queríamos juntar a Trupe, fazer teatro novamente. Que nunca esquecemos o quanto nós fomos felizes.

— Eu assistir à sua última peça, Mari — Disse Bia.

— Eu sei Bia. Quando uma atriz da novela das oito vai ao teatro, todos a veem, mesmo que ela fuja sem ir ao camarim falar comigo depois.

— Eu amei a peça. Eu estou adorando que vocês estejam aqui. Mas eu não posso aceitar o convite. E mesmo porque vocês dois estão loucos. Por que voltar uma coisa que já aconteceu? Ok, nós fomos felizes, mas temos de seguir em frente. Eu já não sou aquela Bia. A Frederica também já não é mais a Frederica. Mesmo que vocês dois estejam lindos e o Leo com fios grisalhos no cabelo.. Mas nós envelhecemos. Tudo tem um começo, um meio e um fim. Foi o Leo que me ensinou isso. Lembra querido? Meu Deus! Dez anos sem nos falar!

— Bia, nós poderíamos ensaiar aqui no Rio para não te atrapalhar na televisão — tentou Mari.

— Mari, não faço mais teatro. E eu estou feliz. Depois, quem iria me dirigir aquele maluco do Duda, louco e socialista?

A empregada entrou na sala e disse:

— Dona Beatriz o porteiro disse que tem um homem lá embaixo procurando a senhora, diz que parece um mendigo e o nome dele é Carl Marx. Deve ser do teatro também, né?

— Falando nele — eu disse.

— Mande subir.

Duda salvou o plano. Quando Bia o viu entrar, tremeu toda. Dizem que a primeira transa a gente nunca esquece e nem o primeiro diretor.

— Sinto lhe dizer, Beatriz, sua interpretação caiu muito pelo que eu ando vendo na televisão.

— E você tem me assistido, Eduardo?

— Que jeito, se a TV do Instituto Bairral não sai da Globo.

— Instituto o quê? — quis saber Frederica e depois continuou. Desculpe-me Mari, o problema ainda é outro, mesmo se aceitássemos... De repente, parou. Começou a chorar. Eu quero Bia! Eu quero Bia! Eu amo essa gente, cadê o texto?

Bia prometeu que ia pensar e à noite nos responderia. Despedimo-nos e seguimos para a Rede Globo.

Faltava um, ainda.

— Eu acho que ela nunca deixou de te amar. Me disse Mari.

— Mas eu acho que deixei — respondi. Me engana que eu gosto.

Não sei se era verdade o que eu dizia. Nós nunca sabemos. A voz de Bia me atravessou. O olhar era o mesmo e parecia que ela só melhorara com o tempo. No caminho me deu saudades de Rodolfo. Enfim, ele não era mais um concorrente. E eu tinha um personagem para ele.

— Afinal, onde você se meteu Duda? Mari perguntou.

— Eu fui rezar. Vocês podem não estar levando a sério, mas eu sou o diretor desta Trupe, sou o responsável. E eu não vou desaparecer. Afinal, já pensaram em que teatro?

E o táxi chegou à Rede Globo. Em 36 anos de vida assistindo a Globo, nunca estivera lá. E acho que tanto Duda quanto Mari também não.

— É aqui?

— Deve ser.

E entramos.

LAPA

Rodolfo foi o mais fácil. Ele já nos esperava, Bia ligou avisando. O lugar parecia um misto de shopping center com galpão industrial. Ele estava numa mesa na lanchonete, com uma mulher, mais para menina. Era bonitinha e alternativa.

Levantou-se e veio correndo nos abraçar. Dizia alto para a menina:

— Aprendi tudo o que eu sei com esses caras.

Rapidamente nos disse que estava tudo resolvido, que iria produzir o espetáculo, que já tinha o Teatro ao Lado, um novo lugar que trabalhava com montagens nem tão offs e nem tão comerciais. Um meio termo entre qualidade e público. Eu já conhecia e adorei a ideia de estrearmos no Rio.

Enquanto Rodolfo falava comigo e com Duda, Mari se entretinha com a nova amiga.

— E, afinal, qual é a condição? Perguntei.

— Que ela participe — Rodolfo apontou a menina que parou de falar com Mari e nos olhou.

— Não tem papel, eu disse. E não vou mudar a peça.

— Ela não é atriz.

— Então... Duda você quer uma assistente?

— Eu sou cenógrafa, aqui no Rio, já fiz muita coisa boa."

— Cenógrafa?

Mari foi rápida:

— Ok, fechado.

Tudo começou a ir em velocidade muito mais rápida do que

eu e Mari imaginávamos. Em 48 horas estava tudo acontecendo. Frederica foi buscar Napoleão no aeroporto. O humorista de stand-up disse que tinha tirado férias de humor solo.

Rodolfo disse que eram só mais duas semanas de gravação, mesmo assim havia possibilidade de horários à noite. Fomos jantar na Lapa, todos nós reunidos. Os sete. A Trupe. Dez anos depois, juntos, novamente.

Foi uma alegria. Depois saímos para um show de samba.

Não lembro como aconteceu, Bia dançando na minha frente e de repente o beijo. Um beijo de dez anos de espera. De 11 na verdade. Fugimos de todos e fomos para um hotel ali na Lapa mesmo.

Bia, sem roupa, ficara até mais bonita com a idade. Sua beleza clássica a deixara extraordinariamente perfeita. Foi lindo.

No dia seguinte, Duda, colocou todos para se mexer. E andávamos pelo espaço que Rodolfo tinha providenciado. Era nosso primeiro ensaio. Duda, antes da leitura, queria que nós nos mexêssemos, afinal, como ele dizia, um texto deve servir e não servido.

Duda era um paradoxo, maluco e desorganizado por fora era um metódico perfeccionista por dentro. Andávamos pelo espaço ouvindo música e nos olhando, todos extremamente alegres. Foi quando passei correndo por Mari e pude ver seus olhos irem para cima e em seguida o desmaio.

Todos ficaram perplexos, só eu sabia do que se tratava. Corri para pegá-la ao mesmo tempo em que Bia pedia:

— Alguém chame uma ambulância.

— Não há tempo, vamos com o seu carro — eu disse, já com Mari em meus braços.

A TRAVESSIA

Rodolfo pegou a direção enquanto eu e Bia entramos carregando Mari. Rodolfo acelerou. Na emergência do hospital, passei o telefone do médico de Mari, em São Paulo. Não tardou para os outros chegarem e todos nós, os seis, mais a nova cenógrafa, Ale, ficamos esperando novidades dos exames.

O médico nos tranquilizou.

— Apesar do tumor, esta jovem tem uma genética esplêndida. Não há nada de errado com ela. Falei com o médico em São Paulo, o neurologista. Recomendo um dia de repouso e que ela reinicie suas atividades em seguida.

Não foi fácil explicar aos outros sobre a gravidade da condição de Mari. Eu mesmo sabia daquilo, há pouco. Foi uma choradeira. Até que Frederica quebrou com a pergunta:

— Será que ela consegue fazer a travessia?

Todos nos olhamos. Era óbvio que Ale, a cenógrafa, não sabia do que estávamos falando. Afinal era um segredo nosso.

Talvez você, leitor, me ache meio desequilibrado. Mas nós da Trupe somos desequilibrados, mesmo. Não é só o Duda, não. Certa vez, um grupo de pessoas nos procurou. Eram três: um antigo crítico de teatro paulistano, um jovem estudante e teórico de teatro e um homem esotérico, místico... Eles nos informaram de que nós tínhamos uma ligação espiritual com um antigo grupo francês de teatro do século XVIII, chamado La Troupe en Bleue (a Trupe de Azul).

Claro que convenceram Duda, Bia, Mari, Napoleão rapidamente, já eu, Rodolfo e Frederica demoramos um pouco.

Aliás, só me convenci quando entrei no teatro, em Tiradentes.

Enfim, até então era um segredo. Já com o espetáculo pronto seguíamos para um teatro secreto escondido atrás de uma fonte em Tiradentes, ambos do século XVIII. E no palco nos apresentávamos para uma plateia francesa, do século também XVIII. Loucura? Também acho, mas é verdade.

Nesse instante, no hospital ocorreu a mesma pergunta a todos. Mas Rodolfo foi o primeiro a dizê-lo:

— Será que isso que a Mari está, tem algo a ver com a travessia?

E tinha. Mas naquele momento ninguém sabia de nada. E ainda não havíamos entrado em contato com aquele antigo grupo de mestres teóricos do teatro.

Antes de alguém responder, meu celular tocou.

— Leo quem fala é Matheus. Quanto tempo, querido. Já reservei o hotel para vocês em Tiradentes. Diga a todos que está tudo bem. Eu torno a ligar depois.

Naquele momento entendemos que a doença de Mari tinha sim um propósito ou talvez uma cura. Todos estavam naquele misto de medo e desejo, quando Duda ordenou:

— Alguém fica com a Mari. O resto, cama. Amanhã começamos os exercícios na praia. Quero todos em forma.

— Eu fico — disse.

Neste momento, inúmeros fotógrafos invadiram a sala de espera e começaram a fotografar Rodolfo e Bia. A informação tinha vazado. O casal divorciado estar num projeto juntos e trazerem uma atriz ao pronto-socorro, era notícia das grandes para os tabloides.

Bia teve ao mesmo tempo vergonha e orgulho, por eu ver que ela era agora uma pessoa pública importante. O constrangimento foi notar que aquilo desequilibrava o grupo. Mas eu dei uma piscadinha para ela e acho que ela entendeu o: "vai em frente, é bom para o projeto este marketing".

Deixei-os lá respondendo aos jornalistas e entrei para ver a mulher de genética fenomenal e talento mais fenomenal ainda. Aquela atriz Mariana, por quem, talvez, estivesse apaixonado

TRIANGULINHO FRANCÊS

De manhã observava Mari tomando café, enquanto eu via as notícias do nosso novo projeto em vários sites e blogs.

— Demos a partida! — eu disse.

Mari estava mais interessada na minha noite com Bia do que nas notícias. Eu falei que tinha sido tudo muito bom. Incrível eu gostar de uma mulher da minha idade, geralmente gosto das mais jovens, mas com Bia era diferente, parecia que ela ia ficando melhor, cada vez melhor.

— Mas me diga uma coisa, Mari, quando foi que você aprendeu francês?

— Eu não aprendi, eu não falo uma única palavra de francês, monamur.

— Acontece que ontem você falou frases e frases em francês, enquanto dormia.

— Leo que obsessão, já vai falar em Tiradentes, de novo!

— O Matheus ligou ontem. Ele já sabe de tudo.

Matheus esta há uns dez anos está escrevendo um livro sobre a Trupe. Junto com a nossa pequena história ele faz um panorama ou ainda uma comparação com a Trupe de Azul. do século 18.

Sim, ambas começaram o seu repertório com Molière. Ambas ficaram uma década com os seus membros separados e ambas voltaram. Com a diferença de que a Trupe de Azul é talvez a companhia de teatro mais conhecida da Europa durante todo o século XVII. Ou seja, uma delícia para um pesquisador e uma total falta de significado para qualquer leigo ou mesmo não leigo.

Acontece que sempre há um... porém. Existe nisso tudo uma linda história de amor, na Trupe de Azul.

Vou resumir a história: um jovem aristocrata, se envolveu com uma mulher casada em Paris e teve de fugir. O marido ficou tão irado com o próprio corno, que perseguiu o causador, Jean Baptiste, pela província. Numa Vila, quase prestes a ser capturado pela polícia e pelo marido da amante, ele conhece uma atriz.

Armande Béjart. E é Armande que leva Jean Baptiste para a Trupe de Azul. Ele teve de se transformar num ator para salvar a própria vida. E tomou tamanho gosto pela atividade que passou a ser diretor e autor da Trupe de Azul. Casou-se com Armande e teve três filhos com ela.

Certa vez, descobre que seu antigo inimigo havia morrido e retorna para Paris em busca da antiga amante Violette. Abandona a Trupe e fica dez anos sem ver Armande. Quando a Trupe retorna, Jean Baptiste, segundo as pesquisas de Matheus, já não sabia se amava Armande ou Violette.

No dia seguinte Duda colocou todos para correr no calçadão de Ipanema. Napoleão foi o que teve mais dificuldade, estava bem gordo. Rodolfo disparou na frente. Muita água de coco depois e à noite nós começamos a leitura do texto.

Os ensaios foram aumentando. Começamos a levantar as cenas. Passaram-se dias, depois semanas. Alugamos um apartamento no Flamengo, metade do elenco ficava lá e a outra metade na casa da Bia. Mari logo se tornou muito próxima de Ale, a cenógrafa.
— Leo, acho que estou me interessando de verdade por ela.

— Como assim? E o Rodolfo?

Aí foi Frederica quem respondeu:

— Será que você é o único que não sabe que o Rodolfo está com o irmão dela?

Acho que eu era o único, sim. O Rodolfo? Eu pensei. Achava que o Rodolfo era hétero.

— E tem hétero no teatro, Leo? — todos perguntaram. — e já que estávamos numa mesa, todos felizes, os sete, foi Duda quem disse depois do almoço na casa da Bia.

— Falta uma criança nesta família. Todos permaneceram em silêncio concordando com a cabeça.

— Por pouco tempo, Eduardo, eu estou grávida — Bia olhou para os outros e começou a tirar os pratos.

Todos deduziram que se Bia estava grávida, o pai era eu. Levantaram-se e metade dava os parabéns para ela e metade para mim. Eu, pai? Me apavorei!

Daí eu pensei, é a Bia, a mulher que eu amo. Mas quando Mari veio me abraçar, eu de novo tive dúvidas. Mari estava maravilhosa.

Meu conflito era grande. Ou começou a ficar. Tempos depois, Matheus, como eu era talvez o mais interessado no seu trabalho, me revelou novas descobertas da sua estadia na França.

Tanto Armande como Jean Baptiste eram apaixonados por Violette. E Viollete também era atriz. O famoso triângulo. Ou como Sartre chamava: Entre quatro paredes.

Será que é filho ou filha? Foi o que pensei enquanto ria de felicidade. Porque estava com as pessoas que mais gostava no mundo. Fazendo o que mais amo na Terra. Teatro.

COMÉDIA OU DRAMA?

— Vocês estavam quase lá.

Foi o que Matheus disse enquanto tomávamos chope, nós dois no Bar Balcão. Duda nos havia dado dois dias de folga. O espetáculo estava indo muito bem. É uma delícia para o autor quando o que ele imaginou começa a tomar forma. Será que um arquiteto sente o mesmo?

Resolvi aproveitar e dar um pulo em São Paulo. Matheus estava com uns 30 e poucos anos. Agora além de professor, teórico e pesquisador de teatro, ele também escrevia para vários jornais e revistas.

— Leo, vocês formaram um grupo no qual ninguém era a estrela. Foram jovens que se juntaram aleatoriamente. De repente começam a trabalhar, são apaixonados incondicionalmente por teatro, pela vida e por vocês mesmos. E então, com a mão na maçaneta, só precisavam girar e abrir a porta, mas ao contrário, desistiram.

E ficam separados por dez anos. Cada um segue um caminho. A bem da verdade. Mari decola na carreira, Bia e Rodolfo ficam ricos e famosos, Frederico se vira muito bem em musicais. Napoleão trabalha muito, mas só faz porcaria. Você e Duda ainda tentam outro elenco, e é constrangedor de ruim. Por fim, um dia resolvem voltar. Dez anos depois. Por incrível que pareça ainda são jovens, por incrível que pareça eu também ainda sou jovem e acredito que vocês podem fazer história. Não só pela formação talentosa do grupo, mas pela fé que vocês têm.

Vocês fazem um teatro que não é clássico, graças a você, Leo. Que não é experimental graças ao Duda. Que não é canastrão, graças à Mari que é quem puxa a interpretação. Que tem um fôlego e disciplina graças aos outros quatro. E que tem uma das atrizes mais carismáticas dos últimos anos. Quem já viu Bia em cena, e faz tempo que não vemos, pode falar!

Por isso digo que esta é a sua chance, Leo. Talvez você não seja um grande dramaturgo, mas é o dramaturgo da Trupe e você escreve para eles. Talvez o meu livro sobre vocês também de certo. É isso que veremos em poucos dias, por isso não percamos tempo.

Aquilo tudo que Matheus disse, me fez bem. Há anos eu não era ninguém e agora me sentia igual a quando comecei. No meu primeiro trabalho.

O Bar Balcão fechou e fomos nós dois para o Filial. Saímos do chope e entramos na cachaça. Matheus me contou do músico com quem estava saindo e eu acabei contando sobre Bia. O agora jornalista ria.

— Você sabe, Leo que eu monitoro vocês todos. Já faz muitos anos.

Claro que eu sabia. A da obsessão dele por Tiradentes, pela Trupe de Azul, por Bia... O que eu não sabia é que ele, Matheus, talvez soubesse mais de mim do que eu mesmo.

— Não é porque ela é bissexual, que ela não possa te amar.

Depois disso pedi que ele me explicasse do que se tratava. Claro que ele se referia a Mari. E se ele tivesse razão? Na porta da casa de Matheus, ele ainda disse:

— Bia é a mulher ideal, Mari é a que você ama de verdade.

Aquilo tudo me atordoava. Primeiro porque Mari para mim não era uma mulher, era, mas também não era. Como Fred era Frederica. E bem possivelmente, por ela, Mari, não ser uma mulher dita "comum" fosse o motivo de eu me interessar. Ou por amá-la.

Acordei de manhã e segui para a piscina. Prometi para mim mesmo.

— Hoje, nada de pensar nem em mulher nem em teatro.

Foi aí a minha triste constatação: não sei pensar em outra coisa. Drama ou comédia?

Nem uma coisa nem outra. Feijoada e Fernando Pessoa. E o sol brilhava naquele sábado na cidade de São Paulo.

Abri o jornal passei, os olhos e vi a parte de teatro. Me deu uma saudade deles. Delas. E se eu fosse assistir a uma dança?

Acabei indo ver Tchekhov, nem drama e nem comédia.

PAPAGAIO DE PIRATA

Bia ficou de me pegar no aeroporto. Mas quando cheguei ao Santos Dumont, nada dela. Meu celular toca.

— Você não me reconhece mais?

Olhei para frente e vi a uns dez metros uma mulher incrivelmente linda. Cabelos, pele, peitos, num vestido verde e por um segundo pensei, conheço essa atriz.

Era ela, Bia.

— Temos um vernissage para ir.

E fomos eu e ela. Chegando à galeria, várias pessoas vinham fotografar e falar com ela. Eu tentava participar, mas parecia que o que eu falava não tinha importância. As pessoas se concentravam nela.

Uma luz se acendeu forte e uma repórter de TV veio entrevistá-la. Eu tentei sair de perto, mas ouvi a repórter dizer:

— Pode ficar aqui.

Saindo da galeria, ela disse que tínhamos ainda um outro evento para ir. Era a comemoração de um espetáculo de globais num restaurante. O espetáculo estava novamente estreando no Rio.

Eu não sabia a que horas deveria sair do lado dela, ou se deveria ficar com ela para as fotos. Até que uma hora depois.

— Leo, nós precisamos conversar.

Sim, eu concordei. Vamos ter um filho. Será que vamos nos casar? Eram várias dúvidas e soluções que precisávamos tomar, juntos.

Neste dia percebi que existiam três mundos na minha vida, e

foi o que eu disse à Bia.

— Um mundo da criação, onde tudo flutua. Eu escrevo, eu atuo. Durmo feliz, tudo fica mais bonito, o mar, as árvores, a cidade. Mas tem o mundo das contas, do dinheiro, tudo fica um horror, os dias são iguais, tudo é barulhento e insuportável. E hoje descubro este terceiro, que é o seu. Todos são prestativos, tudo é fácil, comemos de graça, em lugares bonitos, o seu carro é confortável, seu cabelo macio, e é como se eu fosse a esposa. Entende?

— E isso te incomoda? De eu ganhar dinheiro e você não? De eu ser bem tratada, idolatrada, ser uma pessoa pública?

Como eu responderia? A palavra é FAMOSO! Leo, você gostaria de ser famoso? Claro que sim.

— Eu te admiro, Bia. E quero que nosso filho seja parecido com você.

— Leo, confesso que durante um tempo amei esta vida. Esse reconhecimento, esse conforto. Mas estou com medo. Porque este tempo já durou muito. Outras meninas virão. E há muito não subo num palco. Isto me apavora. Porque agora vai ser diferente. Não é como antigamente. Agora todos vão estar lá vendo cada deslize. E fora que estou grávida de um homem que nem sei se gosta de mim. Que nem sei se ele sabe o que ele quer da vida. Seja no relacionamento amoroso, ou na vida profissional.

O que mais eu poderia querer? A verdade é que Bia era alguém de sucesso. E eu? Será que ela me admirava? Será que toda essa coisa de voltar a fazer teatro, não era só uma folga daquele terceiro mundo? Ela pegou na minha mão, estávamos agora num bar, no Baixo Leblon.

— Leo, ou você se resolve com a Mari, ou você se resolve com a Mari. Morar nós três, juntos, não vai dar.

— Do que é que você está falando? Eu e a Mari? Ficou louca?

— Resolva. Boa noite.

E me deixou ali sozinho. Vai ver todo aquele mise en scene de evento e vernissage, era só para me mostrar o quanto era poderosa. E era mesmo. No dia seguinte quando cheguei ao ensaio estavam todos exaltados. Napoleão se aproximou de mim e disse:

— Faça a mala, estamos indo para Tiradentes.

Rodolfo discutia com Dario, o produtor que havia vindo de São Paulo. Falavam sobre o patrocínio do Banco Brasilense. Um patrocínio milionário.

— Mas a produção do Teatro ao Lado já sabe do patrocínio? — perguntou Bia ingenuamente.

— E o que é que eles têm com isso?

— São nossos parceiros.

— Nós não vamos mais estrear no Teatro ao Lado — falou Rodolfo.

— Não?

— Não. Napoleão parecia a par de tudo.

— Nós vamos estrear em São Paulo. Desta vez foi Rodolfo. No teatro do Banco Brasiliense.

Todos ficaram perplexos com a notícia.

— Mas são 800 lugares! — exclamou Duda.

— Tanto melhor, se divertiu Rodolfo.

Eu adorei a novidade, afinal a Trupe era de São Paulo, nada mais natural. Rodolfo havia brigado com a administração do Teatro ao Lado. Coincidentemente abriu uma janela no Teatro do Banco Brasiliense, em São Paulo. Eles se entusiasmaram muito com o nome de Bia no elenco.

E resolveram não só patrocinar, como ainda colocar a produção do teatro e a assessoria de imprensa à nossa total disposição. Ale, a cenógrafa, embarcaria naquela noite mesmo, para São Paulo.

Tudo estava sendo resolvido com uma rapidez tremenda, só um detalhe nos deixou ansiosos, não digo preocupados, mas ansiosos.

A data em São Paulo é um mês antes do nosso cronograma no Rio

— Meu Deus! — exclamou Duda.

— Nós conseguimos! Ou melhor, conseguiremos! Fui rápido.

Só sei que dois dias depois estávamos numa van, nós sete, integrantes da Trupe, somados ao jornalista Matheus, que gravava tudo com uma câmera a caminho de Tiradentes, Minas Gerais. Numa manhã de céu aberto.

Estávamos a dez dias do dia D.

AS MINAS GERAIS

Na estrada, vendo as árvores e todo aquele verde comecei pensar sobre a peça, não só a montagem, mas meu texto também. Qual foi a primeira vez em que ouvi falar em São Francisco de Assis?

Não, leitor, não se trata de um texto religioso ou mala, me embasei em São Francisco para falar de amor, amizade e principalmente política. Francisco de Assis tinha um jeito especial de fazer política. Era um subversivo pacifista, vegetariano, incentivador da sexualidade, do respeito à ecologia... Enfim, ninguém é tão atual. Poderia ser Tiradentes, mas era Francisco de Assis. Será que teríamos tempo de visitar Carrancas? Cidade próxima a Tiradentes e um parque, reserva florestal com dezenas de cachoeiras.

Na estrada, Duda começou a ficar insuportável, proibiu todos de fumar, o que achei ótimo. Acontece que ele também proibiu carboidratos, bebidas e qualquer outra droga até a estreia. A não ser o chá que tomaríamos em Tiradentes. O que me deixou puto, porque estávamos em Minas e eu queria comer e beber todas aquelas coisas que fazem subir o colesterol, mas que por outro lado me fazem tão feliz.

A bem da verdade, ninguém estava mais aturando ninguém. Natural, já tínhamos matado as saudades e convivência em excesso é difícil. Uma hora as desavenças começam.

E Duda é louco, não nos esqueçamos. Ele começou a colocar uma disciplina tal, que até os soldados do Bope se submetidos a ela, iriam pedir para sair.

Na recepção do hotel, Bia foi imprevisível. Puxou Mari e disse que as meninas ficariam no mesmo quarto. Às vezes, eu sou mesmo um cretino:

— Quem tem mais de 30 anos não é menina, vamos combinar?

— Agora ele está assim, Mari. Anteontem fomos a um vernissage e ele ao invés de me elogiar... O meu vestido verde e tal... Disse-me que verde só cai bem na natureza.

— Você falou isso para ela Leo? Seu babaca.

As duas me olharam como se eu não fosse também um ser sensível às palavras delas. Por que elas podem dizer o que querem e eu não? Também custava ter sido menos orgulhoso e dizer para a Bia que ela era linda? Mas também para quê? O Brasil inteiro já dizia isso para ela.

A piscina do hotel boutique era sensacional e foi para lá que fui. Eu não ia ficar no quarto com o Rodolfo. Conversar o que com ele? Era um dia off, também horas na estrada.

Foi só o sol se pôr, que eu e Napoleão fomos beber cachaça. Fugidos, claro. Depois, já bêbados, encontramos todos num excelente restaurante estrelado da cidade turística. Não sei o que falei, também não era o único inconveniente da noite. A porrada do Rodolfo me pegou em cheio.

Tudo ficou preto e eu fui direto para o chão.

— Você não vai falar assim com a Bia na minha frente! Ela foi minha mulher durante oito anos seu cretino!"

— Leo, quando você vai achar o meio-termo, ou você é o cara mais doce do mundo ou você é o cara mais amargo da terra. Acabei no quarto do Napoleão. Frederica mudou-se para o quarto de Rodolfo. E todo mundo se xingou e acabaram todos bebendo e Matheus gravando tudo no vídeo.

De manhã, no café, estava sozinho na mesa e Mari chegou. Ficamos quietos por algum tempo, ela riu.

— Caiu ontem igual dragão de papel, me mata de vergonha.

— Mari, o Rodolfo é bem grande, já reparou? Continuamos comendo os pães de queijo sempre, olhando para ver se o Duda não aparecia. No fundo tínhamos medo é do Duda.

— Sei...— depois de um silêncio, ela falou ainda:

— Ela me disse que você gosta de mim. Você falou que me ama para a Bia?

— Eu não amo nem ela e nem você — E concluí por último. — E nem mulher nenhuma.

— Nem aquela cantora que te largou por um músico?

— A cantora não me largou, quer dizer, ela foi morar com o músico. Acontece que achei ótimo. E você Mariana, há quanto tempo está abandonada sabe-se lá por quem?

— Talvez eu tenha um amante secreto. Alguém conhecido, uma pessoa pública que não possa se assumir.

— Pessoa pública, tipo uma cenógrafa carioca?

— A Ale é arquiteta. Rolou uma noite e só.

Nós dois rimos.

— Mari, já transei com tanta gente nesta vida...

— Comigo eu não lembro. Transamos?

— Tudo tem uma primeira vez. Mas eu não transo com meus amigos.

— E com as amigas?

Aquilo estava ficando tão aborrecido. O problema não era a falta de vontade nem de transar com Mari e nem com Bia. O problema é que não sabia quem de verdade eu queria. Eu queria as duas, e percebia que elas queriam que eu desejasse só uma. E quanto mais eu demorasse, mais elas iam deixando de gostar de mim.

Definitivamente, elas não me entendiam. E eu para me salvar me agarrava numa máscara machista, cruel e monótona.

Antes de me desentender de vez com Mari, e seria, sim, a primeira vez, nós nunca tínhamos brigado, Duda apareceu e começou a nos xingar e dizer que deveríamos comer frutas e queijo branco.

Um hóspede, uns 50 anos e jeitão de turista americano, ainda brincou e disse que ali não era SPA e nem eu, nem Mari éramos gordos. Duda disse:

— Eles não, mas o senhor é, e bem gordo". Depois, jogou suco no hóspede.

— Nos meus atores mando eu!

Realmente estávamos todos à flor da pele. Seguimos para cerimônia. Em frente à fonte e logo mais adiante o Teatro Barroco. Nós nos olhávamos. Dez anos depois e estávamos de volta. Faríamos um ensaio para uma plateia de franceses do século XVII que só nós poderíamos enxergar.

Rodolfo veio me abraçar e pedir perdão. Com aquele gesto todos suspiraram e nos demos as mãos. Foi bonito da parte dele. Uniu a Trupe.

O administrador do teatro veio e disse que estava tudo à nossa disposição.

— O teatro está pronto.

Frase que não entendi, porque naquele instante eu só entendia francês.

Mágica? Veremos.

FINAL

Às vezes, eu comparo um grupo de teatro a uma banda de música pop. Temos nossas brigas, nossos rituais, nosso estilo. Só não temos o mesmo número de fãs. Já tentei fazer drama. Mas o que move minha pele e alma é a comédia.

Sempre foi e sempre me esqueço. Depois de tomar nossa bebida secreta subimos no palco.

— Vamos passar vários corridos, até não podermos mais. — Duda nos orientou.

Nas primeiras três passagens eu ainda estava mecânico, cérebro, razão. Já na quarta vi os primeiros franceses na plateia, minutos depois a casa estava cheia. Delírio absoluto. Nesta alucinação, me lembrei do teatro romano porque é dele que vem a minha estrutura. Plauto.

Napoleão estava excelente, Mari, um furacão em cena e nós outros nos aguentávamos. Foram dez horas de ensaio e delírios. Trabalhamos à exaustão. Quem disse que teatro é fácil?

No dia seguinte, deixamos Tiradentes em direção a São Paulo. Éramos notícia, uma notinha no jornal contava sobre a minha briga com Rodolfo. Paramos em Carrancas e passamos o dia na cachoeira. Acho que é perda de tempo contar o quanto o corpo de Mari é lindo num biquíni. Sorte de quem fosse seu amante. Sua amante provavelmente.

Dia seguinte, ressaca e ensaio no Teatro do Banco Brasiliense. O lugar era ainda maior do que eu imaginava e com mais funcionários, também. Eu tinha um camarim só para mim. Pessoas à minha disposição e 1.200 lugares na plateia e não 800.

A semana passou voando, ensaios e entrevistas na televisão e rádios. O cenário da Ale, realmente ficou esplêndido. Quarenta e oito horas antes da estreia, Bia e eu mal nos falávamos.

Lá pelas cinco da madrugada Duda me liga.

— O que foi? — pergunto temeroso.

— Nada. Ele diz. Pela primeira vez estava tudo sob controle. A produção eficiente, os ensaios em dia e o espetáculo pronto.

Nossa primeira estreia fora num teatro para cinquenta pessoas. No dia colocamos 60, muitos no chão e fomos comemorar no bar Empanadas, na Vila Madalena. Só nós, e mais um ou outro agregado, namorado ou namorada de alguém. Uma mesa com cerveja de garrafa grande, foi isso.

Cheguei ao Teatro do Banco Brasiliense quatro horas antes. Quase todos já estavam lá. Mil e duzentos lugares! Que medo.

O terceiro sinal foi dado e as cortinas se abriram. Fiquei aliviado quando vieram as primeiras risadas. Nós loucos, não havíamos feito ensaio aberto. Duda acha que dá na mesma chamar de estreia ou ensaio aberto.

Todos estavam no seu melhor desempenho da carreira. E ao final eu vi o teatro todo nos aplaudir.

Éramos a Trupe. Um grupo de comédia, de teatro. Ao final Bia pediu silêncio e falou.

— Hoje, quero agradecer a seis pessoas muito especiais para mim.

No que nos olhamos, demos pela falta de Mari.

Dario veio dos bastidores pedindo para os seguranças abrirem caminho. Ele e outros técnicos carregavam Mari pelo corredor do teatro. Neste dia não houve festa. Estava programada uma enorme festa. Cancelemos e seguimos para o hospital.

Mariana morreu naquela madrugada. Aguentou o mais que pôde, e escondido da gente, já havia treinado uma substituta. Fizemos o segundo dia de espetáculo com a nova atriz em seu lugar.

Vieram o enterro, a missa de sétimo dia e os três meses de temporadas.

Rodolfo e Bia, ao final da temporada, voltaram para o Rio. Duas semanas depois saiu o resultado do Prêmio Shell de um ano antes. O ano de 2009. Mari levou o prêmio.

Comecei a receber vários pedidos de textos com a condição de que Bia estivesse no elenco. Eu fui ao Rio ver o nascimento do meu filho, claro. Mas depois voltei para São Paulo.

Um grupo de jovens atores me convidou para dirigi-los. Duda nos dirigiu, Napoleão e eu, numa comédia de Georges Feydeau.

A vida foi passando. Eu sempre me lembrava do dia que Bia me pegara no Santos Dumont e estava tão linda. Por que eu não disse isso pra ela?

Eu estava cada vez mais depressivo.

Minha campainha tocou. Abro a porta e é Ale, a cenógrafa. Ela tinha uma carta para mim. Explicou-me que Mari pedira que me entregasse:

— Leo, mentimos pra você.

— Como assim?

— Eu e Mari já namorávamos há dois anos. Rodolfo nunca teve nada com meu irmão, simplesmente porque não tenho irmão. Inclusive Rodolfo é heterossexual.

— Do que é que você está falando?

— Ela até me pediu permissão para transar com você para você perceber... Que não havia nada a ser feito. Ela foi apaixonada por Beatriz, sim. Disse-me que no início tinha grandes ambições e só aceitou entrar no grupo porque fora chamada por Beatriz. Depois, mais velha, percebeu que você talvez tivesse sido o mais talentoso do grupo e não ela. Enfim... Mari queria fazer um texto seu sim, mas também queria que você e Bia se entendessem. Ela falava, às vezes, com Rodolfo e Frederica, logo sabia que Bia e Rodolfo não estavam mais juntos. Todos nós fizemos um pacto para tentar unir vocês, de novo. Seu filho é um esforço quase que de toda a Trupe. O tonto do Matheus quase colocou tudo a perder. Esta carta aqui prova isso. Ela disse que se vocês continuassem juntos eu não deveria dar-lhe a carta. Mas como vocês não estão. Tome".

A carta de Mari:

"Leo, a fé da Trupe é o seu amor por Bia."

Depois, páginas e páginas relembrando nossa trajetória e tentando me convencer do meu amor por Bia. Abracei Ale, chorei dois dias e a vida voltou ao normal. Recebi um outro convite para voltar a fazer palhaço, na verdade um show de Clown.

Um dia ligo para um amigo ator:

— Vamos beber uma cerveja?

— Leo, eu estou indo numa festa, quer ir?

Fomos. Na casa de uma conhecida dramaturga e seu marido diretor. Umas duzentas pessoas. No Alto da Lapa. No jardim, rindo alto e de vestido verde vi uma figura linda, com pessoas em volta.

Quando ela virou o rosto, reconheci a mãe do meu filho.

Ela veio falar comigo:

— Você engordou.

— Você está linda.

— Como está o Francisco?

— Parou de mamar, finalmente. Não se preocupe ele está com a babá e a minha mãe.

— E ele está bem? Digo... Eu morro de saudades. Posso vê-lo amanhã?

— Leo, você pode vê-lo quando quiser. Eu me mudei para São Paulo!

— E nem me falou?

— Estou dizendo agora.

Continuamos ali, bebendo cerveja, falando de teatro. De cinema, de comida e até política. Entre as árvores.

— Leo, se eu nunca te disse, lá vai... você é o melhor amigo que eu tive.

— Teve ou tem?

— Fazemos assim, amanhã vá à casa da minha mãe nos ver. Almoçar, combinado?

— Combinado.

Já ia indo embora e ela me parou:

— Aquela nossa cenógrafa, a Ale...

Eu sorri.

— Que é que tem?

— Ela também te deu alguma carta por estes dias

Ao invés de responder, me aproximei de Bia, olhei nos olhos dela. Nossa como ela é linda! E nos beijamos.

Fecham-se as cortinas.

V BABY DE NY

A BABÁ DE NY

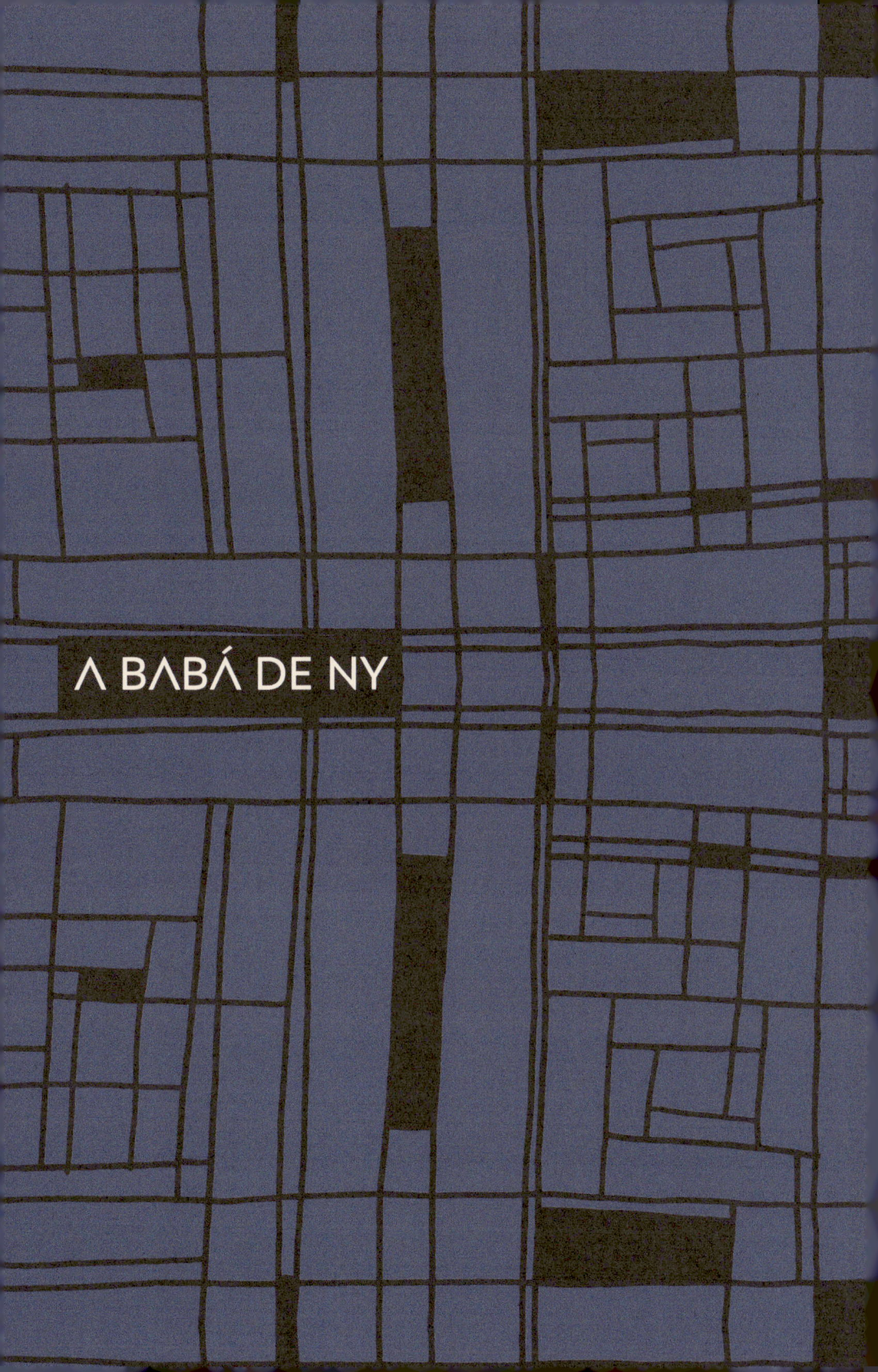

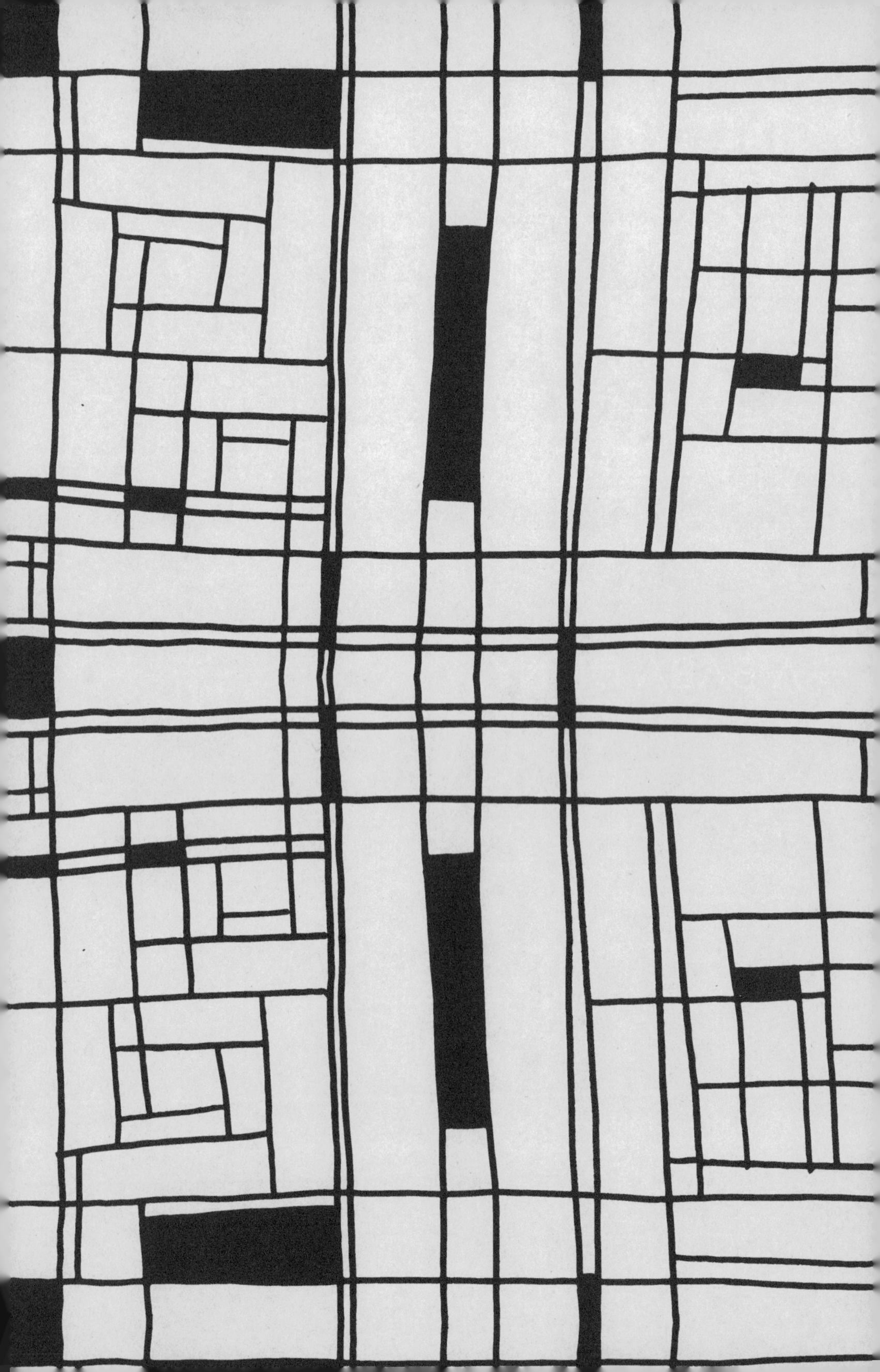

Nova York no verão é insuportavelmente quente. Era domingo, e eu tinha um churrasco de brasileiros para ir, no lado leste da ilha de Manhattan. Um amigo de um amigo me perguntou num pequeno grupo de Whatsapp de brasileiros de Nova York quem estava solteiro. E o único solteiro, entre seis quarentões, era eu.

O anfitrião explicou, então, com cinco dias de antecedência, que uma amiga da esposa dele, amiga essa que ele não conhecia muito bem, iria aparecer também, e como eu estava solteiro ele me convidou para encontrar a misteriosa brasileira, Carla.

Raul, filho de um ex-importante governador de um estado do Brasil, era do mercado financeiro. Um ano mais velho do que eu, havia se casado com uma modelo, na época pouco mais de 19 anos. O que me fez crer que a amiga dela seria também uma jovem modelo, de 20 poucos anos.

Às 11h vesti uma camisa estampada, bermuda, peguei um espumante na geladeira e segui para o churrasco, atravessando o Central Park debaixo de um sol de 40 Celsius.

O apartamento como sempre não era grande para os parâmetros de São Paulo, mas para os de Nova York com certeza passava fácil de 2 milhões de dólares. Havia um enorme terraço onde a bela esposa de Raul, de pele morena e ar blasé tomava um drink, debaixo de um guarda-sol.

Raul suando muito na camisa polo preparava as carnes e carregava sacos de gelo. A esposa me cumprimentou de longe sem muito entusiasmo, e nada de curiosidade sobre a minha pessoa.

Já sentados comendo as primeiras linguiças a campainha tocou e em pouco tempo ouvi uma voz feminina vinda lá de dentro.

— Amiga, vim me maquiando dentro do táxi.

Carla era bem diferente, quando surgiu na porta do terraço, do que eu a imaginei. Não tinha altura de modelo, mas era extremamente sensual. E moleca no vestir. De boné e shorts jeans, tinha uma boca carnuda, pele morena e seios perfeitos.

Se fosse hoje, eu teria feito um personagem, talvez um rico fútil teria cabido bem para a ocasião. A gente sempre tem uns personagens na manga. Mas resolvi ser eu mesmo.

Acabo ficando bem perdido em ambientes com pessoas menos revolucionárias, com pouco ou nenhum interesse em cultura e menos ainda em justiça social.

Logo surge um outro casal, pessoas do mundo corporativo. Ele esteticamente feminino, quase abertamente gay, ela atlética com um gosto neutro e sem estilo para se vestir. Eram casados. Como? Não tenho a mínima ideia.

Minha simpatia não funcionava ali de jeito nenhum. Nem os meus assuntos empolgavam. Era só mais um domingo para eles, queriam relaxar.

Apesar de Carla nem olhar direito na minha cara, a sua biografia foi me interessando. Nascera no Centro-Oeste, muda-se para a região Norte ainda adolescente, adotada por uma família do Pará.

Depois disse que sua mãe adotiva conhecera um alemão e se mudaram para Europa, onde ela aprendeu inglês para "pegar os caras" como ela disse, e ir às baladas e festinhas. Disse que tinha 32 anos, apesar de parecer mais nova, queria ser mãe e escrever um livro. Raul disse, então que eu era escritor. Seus olhos brilharam.

Digo os olhos de Carla. Mas ela voltou em seguida a me ignorar e conversar colada à mulher de Raul.

Raul continuava na churrasqueira.

O rapaz gay, Antônio, começou a me contar de Nova Orleans. O que me fez querer muito ir para Nova Orleans, bom, na verdade, eu já queria. A esposa de Antônio olhava para os prédios de Manhattan. Estávamos num terraço, que cobria a laje do apartamento de baixo, onde o prédio vai diminuindo de tamanho, bem ao estilo novaiorquino, isso fazia o terraço parecer até um quintal, com uma linda vista.

No final do dia, Carla, para minha surpresa, pediu meu contato. Me disse que queria saber mais sobre eu ser escritor.

— Quem sabe você não me ajuda no meu livro. — ela disse.

Lembro desse dia ter sido muito lindo ao cair da noite, enquanto andava pelas ruas de Manhattan, naquele verão, talvez porque tivesse fumado maconha, talvez pela alegria do calor com tantas pessoas nas ruas, nos bares. Parei num deles e pedi cerveja. Bebendo ali sozinho eu planejava, vou pegar essa Carla, eu dizia para mim mesmo.

Conquistar mulheres é a melhor coisa do mundo. Muitos homens gostam de pagar para dormir com elas. Eu nunca paguei. Até hoje nem sei o que realmente é melhor, a conquista ou o sexo propriamente dito.

Porque depois do sexo, é difícil ainda ter algum interesse. E as que nunca chegamos a conquistar ficamos eternamente desejando. No meu caso sempre foi raro não conseguir uma mulher de que gostei.

No dia seguinte, claro que meus pensamentos eram só em Carla.

Havia alguns recados de Vitória, uma garçonete de um restaurante brasileiro, com uma bunda maravilhosa, que morava em Newark, uma cidade em New Jersey a meia hora de Nova York. Foi trabalhoso convencer Vitória a sair comigo. Mas desde que transamos, ela manda mensagem dia sim, dia sim.

Pensei em sair com Vitória e não ligar para Carla, por pelo menos uns dois dias. Ou quem sabe ela mesmo não entraria em contato. Mas fui tolo, acabei vendo uma foto que ela postou no Instagram, um lugar bem próximo do meu apartamento e acabei mandando uma mensagem.

Carla não era do tipo simples. Joguei muita conversa fora falando de cultura geral; geralmente sou bem aberto para qualquer tipo de assunto. Ela respondia, mas difícil detectar se ali havia algum entusiasmo genuíno.

— Quando a gente se vê pessoalmente? E falamos sobre o seu livro?

Eu ainda insistia nesse papo furado de livro, mas Carla me parecia alguém que jamais havia lido um livro ou sequer um jornal, como pretendia escrever um? Mas eu precisava de um pretexto. Ela marcou, então um almoço para o dia seguinte. Ótimo.

Nova York, apesar de ter moradores que trabalham demais é também uma cidade cheia de turistas e visitantes pelos mais variados motivos, negócios, congressos, estudantes, artistas, cientistas... os lugares estão sempre cheio de gente mesmo no almoço.

Fomos a um restaurante Tailandês no meio do caminho entre nós. Era difícil entender o que Carla fazia exatamente em Nova York e como não sou um fiscal da imigração, não forcei as perguntas.

Ela, por sua vez me contava situações que me impossibilitavam qualquer possibilidade de construir um perfil seu. Ora se dizia babá e governanta de brasileiros milionários, ora era vendedora de joias, ora tinha imóveis e até era sócia de negócios no Brasil.

Eu já tenho idade suficiente para saber quando há muita informação desencontrada. Mas comecei a ficar bem a fim daquela menina, não mais só a fim de transar com ela, mas a fim dela. Então fui fazendo força para acreditar naquilo tudo e parei de pensar na possibilidade de imaginar que ela era uma garota de programa. Depois do almoço ela disse que tinha que ir e foi.

Acabei deixando a coisa pra lá. Fui conhecer Nova Orleans, levei Vitória junto e fiquei lá por uns dias.

Quando voltei a Nova York, Carla apareceu novamente em meus pensamentos.

Ela agora demorava a responder e adiava um novo encontro. Desisti. Tenho a nobreza de aceitar que perdi. Afinal não posso ter todas as garotas do mundo.

Certo dia, andava à tarde pelo Central Park quando avistei Carla beijando um homem. Sim era ela. Foi ali que eu, como um detetive de livro policial, entendi tudo. Carla não era uma garota de programa. Nem tampouco Antônio, o cara do churrasco, era gay.

Ambos eram amantes. E a mulher do Raul apenas pediu que ele convidasse um amigo para a coisa fluir sem maiores problemas.

— Vim me maquiando no Uber, amiga. Estou bonita? Nada disso era para mim e sim para Antônio.

Assim como eu, ele devia ter vários personagens na manga.

No churrasco usou o afeminado sensível progressista, e eu caí. Pensei em abordar o casal. Mas tive bom senso. E depois a jovem Vitória me esperava para irmos ao teatro.

O BVÙ

O BAÚ

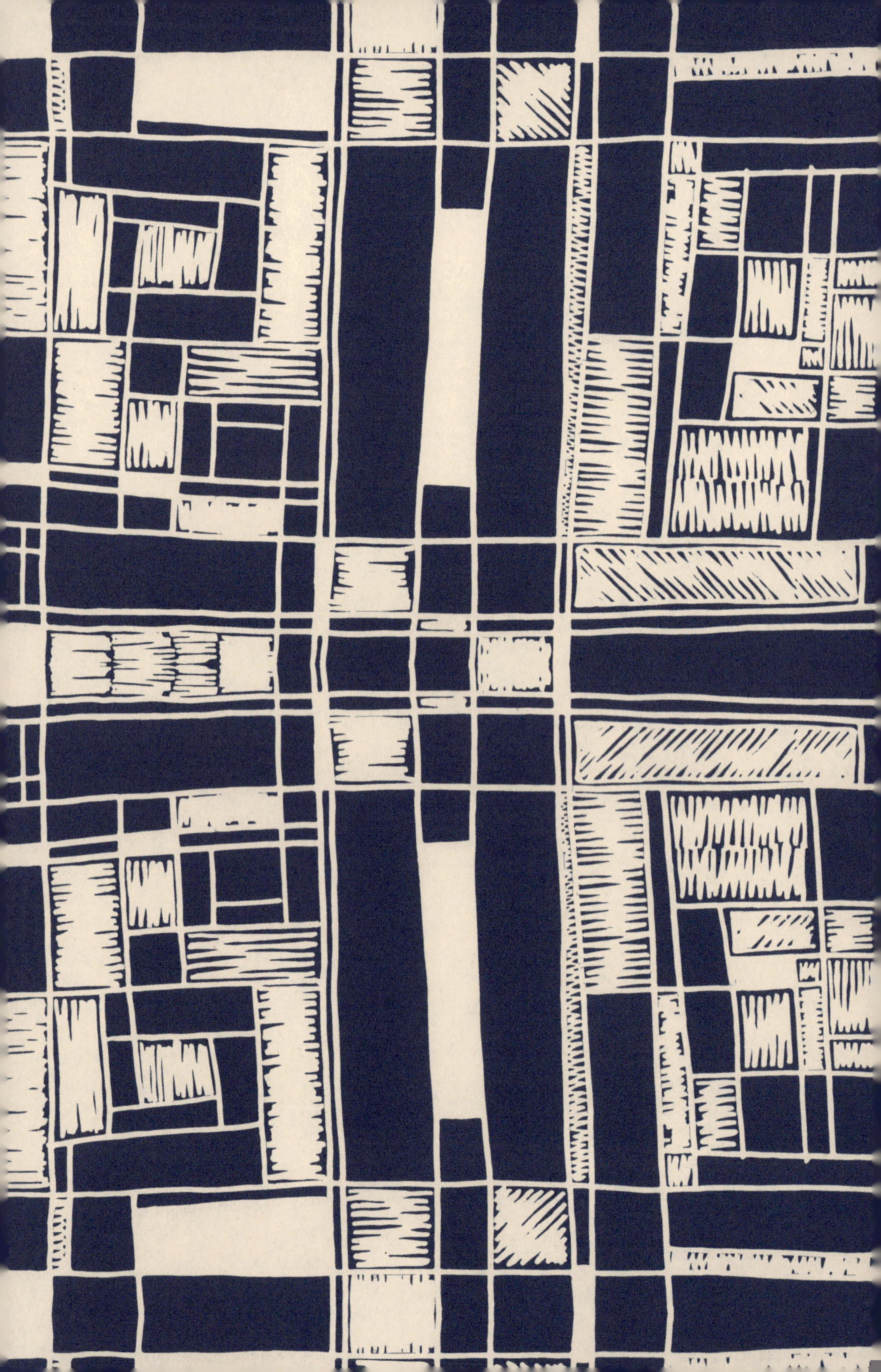

A família achou melhor mandá-la para Londres. Afastá-la desse relacionamento com o funcionário preto. Foi aí que eu entrei. Nunca admiti, publicamente, talvez porque fingisse para mim mesmo que era algo inconsciente. Mas não era. A vida toda eu quis duas coisas: casar-me com uma mulher bonita e que fosse extremamente rica. Saí com algumas, nem todas eram lindas, mas o fato de serem ricas me excitava. Flávia não era bela, mas também não seria nenhum sacrifício comê-la. Sabendo dessa situação por um conhecido, resolvi ir para Londres e fingir uma casualidade. Meu amigo George tinha um apartamento lá, pedi que me hospedasse por duas semanas. O dinheiro para a passagem eu tinha. Estudando as redes sociais da Flávia descobri, em Londres, que ela iria numa festa de uma revista cool brasileira, com um show de uma cantora moderninha.

Fingi nessa noite que não sabia quem ela era, usei todo o charme que tenho e ainda um pouquinho mais. Disse a ela que estava em Londres para esquecer uma decepção amorosa. Ela caiu. Nos encontramos novamente, e passamos a nos ver. Fomos a Paris e lá eu a engravidei. Sem querer, querendo. Você me entendeu.

No Brasil para minha média surpresa a mãe da Flávia, uma mulher de 60 anos e um bilhão de dólares, pareceu feliz de ela estar grávida de um homem branco e sócio do tradicional clube paulista.

Com certeza a mãe deve ter levantado minha história. Mas me achou melhor do que o antigo e humilde amante preto de sua filha tonta.

Nos casamos numa cerimônia pequena. Claro que antes tive de assinar centenas de papéis, ia assinando e meu advogado cada vez mais se apagando. Eu sabia que aconteceria. Mas nada disso me atrapalhava. Minha vida parecia agora estar como sonhei. O que eu não sabia é que o filho que Flávia esperava talvez não fosse meu.

E isso mudava tudo. Eu não estaria seguro jamais.

Um dia, no nosso enorme apartamento, no bairro dos Jardins, tivemos uma discussão e ela insinuou que eu não era o pai.

Ela já estava com oito meses e eu precisava agir rápido. Mas como ter certeza de que não era o pai? Pensei que era melhor não arriscar. Flávia precisava sofrer um acidente e perder esse filho. Mas como fazer isso? Sou apenas um alpinista social, como já admiti, mas não um psicopata. Enquanto bolava um plano nas tardes livres, em que dividia entre almoços com amigos (sim, agora eu era muito popular) e jantares com empresários, pensava no que fazer. Mas e se o filho fosse realmente meu?

Enfim a criança nasceu, e para meu total alívio, era branco. Logo, deveria ser meu. Mas fazer um exame de DNA, jamais teria coragem.

Flávia, então, começou a mudar repentinamente. Como tínhamos babá e vários funcionários, não precisava se dedicar a nenhuma tarefa doméstica. A não ser começar a me corrigir.

Sua primeira queixa logo apareceu. Disse que eu precisava operar o nariz para deixar de roncar. Como ela também ameaçou cortar o cartão de crédito, não tive qualquer dúvida em ir ao médico que sugeriu e fazer o que ela queria.

Depois da operação, enquanto me recuperava, Flávia disse que eu deveria arrumar um emprego.

Para quê? Eu quis saber. Ela poderia me passar informações

sobre os rendimentos e investimentos da família, e eu que já trabalhei num banco poderia facilmente administrar algum pequeno fundo da minha sogra. Sugeri até alugarmos, ou comprarmos uma sala ou andar inteiro na Faria Lima.

Como mantive minha rotina, um dia Flávia me comunicou que eu havia sido contratado para uma das empresas da família. E que minhas férias haviam terminado.

Achei se tratar de brincadeira. Já tinha passado mais de um ano que estávamos juntos, e pude perceber que Flávia havia sido treinada desde muito jovem para tratar da sua fortuna e de um marido... fantoche.

Sim, um dia, caiu a ficha, eu havia tomado um golpe, e não ela. Flávia nunca fora ingênua, dezenas de rapazes de famílias tradicionais quebradas como eu já haviam tentado se aproximar dela. E outros tantos golpistas sem estipe, também.

Mas se não fui eu quem deu o golpe, por que exatamente eu? Teria sido uma questão de timing e Flávia precisava rapidamente arranjar alguém, ou teria sido eu um sedutor. Fui um laranja para ela continuar a ter vida que ela quisesse?

Aquela situação de humilhação que decorreu dois anos depois do nosso casamento foi fazendo com que eu começasse a enxergar Flávia de uma maneira diferente.

Confesso que comecei a desejá-la e também a ter ciúmes. Quem seria o tal funcionário preto com quem ela namorou antes de mim? Perguntei para todos, mas ninguém sabia nada de concreto, apenas de ouvir falar.

O emprego não era de todo ruim, me deram a vice-presidência

de um hospital do qual minha sogra era a proprietária. Continuei almoçando com meus amigos e jantando com empresários, ou ainda jantando com meus antigos amigos e almoçando com meus novos amigos empresários.

Nesse período permaneci fiel a Flávia e ela até me procurou para decidirmos em qual escola colocaríamos nosso filho.

Minha vida estava segura, era estável e nada de muito novo acontecia. Um dia Flávia disse que iria viajar. Eu quis saber com quem, e ela disse que isso não era da minha conta. Insisti, brigamos e ela me disse que viajaria com seu amante.

Aquilo tudo foi um golpe, logo eu falando em golpe, irônico. Foi uma surpresa, nunca imaginei que aquela menina tonta, que conheci em Londres, em pouco mais de dois anos me transformaria num trabalhador, pai de família e corno.

Eu disse que se ela fizesse isso eu iria embora, iria me separar. No que ela me respondeu:

— Ótimo, Rodrigo, vá em frente!

Depois disse calmamente:

— Você tem razão, somos uma família agora.

Não pense você, leitor que ela desistiu de ser infiel, não. Apenas a partir desse dia foi cada vez mais me enganando.

Até que fomos para casa em Campos do Jordão. Tivemos um feriado só nós dois. Andando ali pelas árvores e vendo a paisagem das montanhas de mãos dadas com Flávia que vi que queria passar o resto da vida com ela.

No jantar tomamos vinho e depois tive a melhor noite de amor da minha vida.

De manhã uma das caseiras disse que Flávia havia saído a cavalo cedo. À tarde ela ainda não havia retornado. No começo da noite alertamos as autoridades. Flávia nunca voltou da cavalgada. Foi encontrada morta nessa mesma noite. O pior dia da minha vida. Lembrei do nosso pequeno casamento, o primeiro beijo em Londres. No brilho dos seus olhos quando ela me contou que estava grávida.

Hoje faço parte dos 60 bilionários que estão listados na Forbes. Acordo e passo o dia todo, até a hora de dormir, sem ver ninguém que seja mais rico do que eu. Acordo e passo o dia todo, até a hora de ir dormir, sem ver ninguém mais rico do que eu. Você não leu errado, eu que repeti a frase.

É isso que ensino para o meu filho Carlos. De que tudo no mundo tem um preço, tudo. Mas o amor... O amor vale mais que toda a lista da Forbes ao quadrado. Dinheiro é para os fracos.

EU ERA A PROMESSA DO TEATRO BRASILEIRO!

EU ERA A PROMESSA DO TEATRO BRASILEIRO!

Alexandre Martins foi um ator que eu dirigi há 15 anos. Hoje ele se apresenta assim: "Eu era a promessa do teatro Brasileiro!" Todos nós que começamos bem jovens na arte, sempre acreditamos que seremos grandes e famosos aos 40 anos. No meu caso, 47; o Marcos e o Alexandre tinham 40 e poucos.

Marcos já fez muita coisa, passou por vários grupos e teve um pequeno sucesso com uma peça contemporânea que para surpresa de todos não era uma comédia.

Mas isso já faz tempo e hoje ele é assistente de produção, numa produtora de vídeos, está ficando careca e há anos "faz duas semanas que perdeu quatro quilos", mas tenho a impressão de que sua barriga só aumenta.

Ale, se mudou para a casa da mãe e foi trabalhar na cozinha do restaurante do tio. Eu fui dar aulas de teatro. Somos o que chamam de decadência, ou ainda, os mais malvados nos chamam de fingidores de decadência, porque dizem que só é decadente quem já foi algo, o que definitivamente não é nosso caso.

Fomos abandonados pelas mulheres, estamos sem grana e trabalhando em outras áreas. Nem para estreias de teatro somos mais convidados. Vivemos de ressentimento e de falar mal dos famosos e vencedores.

Mas, também falamos dos perdedores. E falando dos outros, nós vamos rindo e esquecendo nossa miséria. Há tempos não nos reuníamos os três. E Marcos foi escolher justo um lugar onde o chope artesanal é bem caro.

Foi quando eu propus montarmos uma comédia clássica. Um texto do dramaturgo francês Georges Feydeau. Alexandre fingiu que não era com ele, seu orgulho não lhe permitia dizer a verdade, que ninguém o chamava para mais nada.

Ambos, Marcos e Alexandre, eram grandes comediantes. Mas como entender as coisas, o mundo? Por que alguns se tornam astros e estrelas enquanto outros apenas sobrevivem? Eu nunca soube responder.

Para os dois tanto fazia o texto, ou o autor, desde que houvesse bons personagens.

Esse foi um dos dias mais felizes da minha vida. Beber com meus atores, meus amigos. Já tínhamos feito peças, juntos, já tínhamos experimentado a sensação de receber risadas e palmas. Poucas, mas genuínas.

Não sei dizer se foi a nostalgia que me fez feliz naquela noite ou se foi a esperança que dessa vez, mais experientes e tendo experimentado o fracasso, fôssemos vencer com essa.

Brindamos, rachamos a conta e cada um foi para sua casa.

Escolhi a peça Gato por Lebre. Dormi com o cartão estourado, sem mulher, sem saber o que comeria no dia seguinte, mas dormi feliz.

Adormeci pensando: amanhã eu dou um jeito. Amanhã arrumamos alguém para nos produzir. Havia chegado a nossa vez. Três comediantes determinados dão certo, darão certo.

Acordei com a notícia, Marcos tinha morrido na noite anterior. Era Alexandre quem me ligava. Como podia ser possível? Foi o coração, bebida, cigarros, preocupações.

Depois do enterro, saí com Ale para um café. Isso faz vinte anos.

Continuei dando aulas de tetro e formando muitos atores nessas duas décadas, a maioria não segue na profissão. Os que continuam, invariavelmente, seguem a vida sem conquistas materiais, mas eles têm as conquistas espirituais. Dizem.

Vinte anos depois, chegou um convite para uma estreia. Uma grande comédia num enorme teatro, com patrocínio de um banco. No elenco, Alexandre Martins vinha com seu nome lá embaixo, bem depois dos protagonistas e depois ainda dos coadjuvantes.

Após a peça tomei um espumante no hall do teatro. Havia aquelas figuras de sempre, ratos de estreia, críticos desconhecidos, atores de publicidade e gente decadente de verdade, ex-astros de TV, ex-humoristas famosos, mas também pessoas em ascensão, jovens talentos, e um ou outro grande nome da classe teatral.

Foi quando Ale surgiu e me abraçou, lhe dei os parabéns. Então ele me levou até o seu diretor e me apresentou à equipe que ali estava:

— Este é o Carlos Almeida! Quando comecei ele era a grande promessa do teatro brasileiro!

Para você isso pode ter sido cruel, para mim não foi.

Na segunda-feira, voltei para meus alunos. Eles perceberam que eu sorria.

Para a sorte deles, não havia naquela turma nenhuma grande promessa do teatro brasileiro.

MESA PARA 5

MESA PARA 5

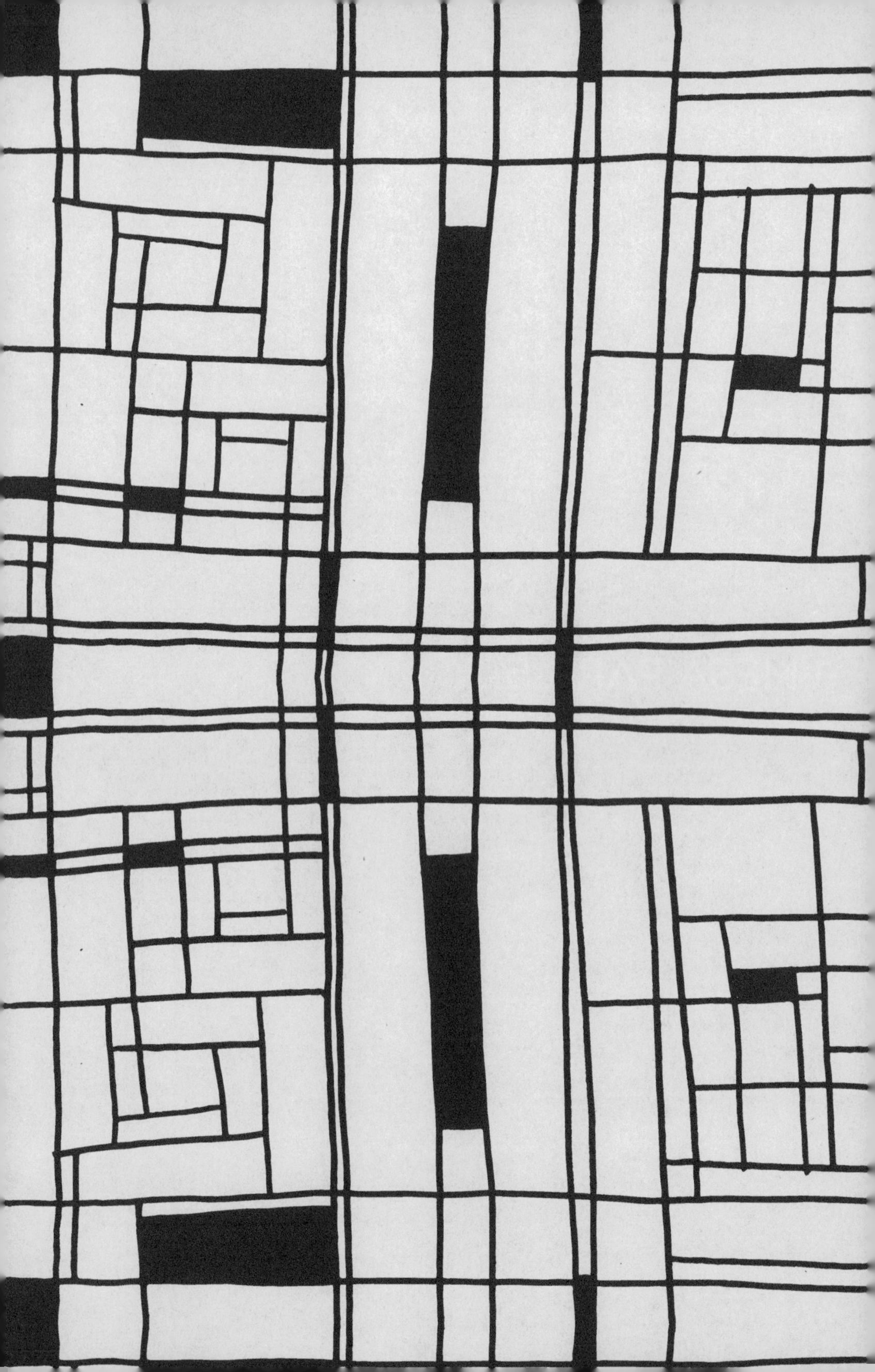

Há 20 anos que eu tinha com a minha irmã um restaurante sofisticado no Litoral Norte. A bem da verdade, era minha irmã, Brenda, que desde o início fez tudo. Escolha do cardápio, equipe, arquiteto e até os uniformes. Mas como vivemos num mundo machista e eu, por ficar no salão conversando com os clientes, é que fiquei com a fama de restaurateur.

Brenda passava o dia falando com fornecedores, lidando com os funcionários chegava à noite, não tinha a menor disposição para atender ninguém. Ficava próxima ao caixa e pouco circulava no salão. Para ela era interessante o que eu fazia.

Nós resolvemos criar um restaurante pois herdáramos uma casa de praia do nosso avô, onde passamos a infância. Vinte anos atrás eu ainda surfava e minha irmã também queria passar mais tempo na praia.

Eu tinha desistido da carreira de cantor, vivia de fazer publicidade como modelo e minha irmã tinha saído de uma empresa de farmacêutica.

No começo, eu mostrava o lugar para todo cliente que entrava, ajudava a escolher o prato e até o vinho. Não poucas vezes, me sentava com os clientes.

Mas com o tempo fui cada vez mais, aparecendo por lá, e passei a ser praticamente um objeto decorativo. Quem me visse e ou lesse matérias dos jornais me tomaria pela alma do lugar.

Por isso, não estranhei quando me convidaram para ser sócio de mais três investidores num novo restaurante em São Paulo. Lá se foram 20 anos e agora tinha uma nova etapa na vida, um novo restaurante.

Não abandonei minha irmã por completo, mas combinamos que eu, pelo menos no começo do novo restaurante, fosse me dedicar mais ao novo projeto.

A primeira reunião foi no escritório do Maurício, um cinquentão como eu, a família tinha fazenda, laboratório médico e construtora, mas por algum motivo, era impedido de trabalhar nos negócios. Era um apaixonado por bebidas, principalmente cervejas, mas por incrível que possa parecer, estava longe de ser um alcoólatra.

Quando cheguei, Pedro já estava lá, foi ele que me chamou para o time. Era mais jovem do que a gente, mas tinha um currículo invejável, estudara na França e trabalhara em NY, sempre na cozinha, mas agora, aos 35, havia se dado conta de que de que jamais seria um grande chef de cozinha, tinha vocação, mas não tinha talento.

Iríamos contratar um chef profissional, só não sabíamos quem ainda. Tínhamos três opções que decidiríamos naquela reunião. Eu era bem familiarizado com ambos, mas com o terceiro sócio, Luciano, não tinha tanta intimidade. Esperamos por meia hora que passou até rápido demais. A secretária do Maurício nos comunicou que Daiane tinha chegado, e havia vindo no lugar de Luciano.

Uma mulher entrou na sala com um homem tímido e baixo. Daiane exalava sexo, altura média, nos 30, saia justa e belas curvas. Ela seria nossa gerente e hostes, enquanto eu iria de mesa em mesa verificando o serviço.

Daiane nos comunicou que Luciano não poderia participar da reunião porque havia viajado e deixado tudo a cargo dela, as decisões. Como Luciano era o sócio investidor de 50%, deixando a outra metade dividida entre eu, Pepe e Maurício, não tínhamos como reclamar. Foi Daiane também que nos informou que o pequeno homem vindo do Ceará seria o chef do restaurante.

Olhei pela janela do prédio, o escritório ficava num andar alto da Faria Lima, uma chuva começou a cair. Daiane continuava a conduzir a reunião, além de linda parecia ser uma líder.

Três semanas depois inaugurávamos o Dumas. Foi um evento que fez barulho na noite paulistana, quatro sócios ricos, solteiros e bonitos deixou o lugar repleto de belas jovens à procura de aventuras seguras.

Daiana, nascida e criada da zona Norte, era a que mais brilhava. Nessa noite me apaixonei por ela. O que fez minha vida ficar difícil, já que toda noite a partir daquele dia, iria conviver com ela no salão das 19h até pelo menos 1h.

O chef cearense, Robson, se mostrou mais competente do que o esperado. A verdade é que muita gente não possui paladar e escolhe os lugares de acordo com a badalação ou com o que a crítica especializada diz sobre a cozinha.

No nosso caso, tínhamos uma frequência de pessoas endinheiradas e conservadoras, mas que fingem ser descoladas, por fora. O que as deixa com uma estética casual e conteúdo fútil.

Por mim, nunca fui uma pessoa profunda, aprendi a não polemizar, sorrir e guardar os nomes dos clientes. É um dom que tenho, vejo o cliente e não sei de onde, me lembro seu nome.

Claro que já dei umas gafes e troquei alguns nomes, mas aprendi truques para que não aconteça. Os clientes gostam de mim, existe aquele tipo de cliente tímido ou mais reservado, com esses também sei lidar, mantenho um distanciamento, mas sou sempre gentil.

Maurício e Pepe seguiam fazendo as funções deles. Compras, administração, pagamentos... O salão era tocado pela Daiane. O que me deixava livre com uma taça de vinho na mão. Luciano seguia sendo apenas sócio investidor, aparecia para jantar duas vezes por semana.

A maioria dos clientes queria a presença de Robson no salão, queriam parabenizar o chef pelas criações, para minha sorte, era tímido e sem carisma e raramente aparecia, e mesmo quando acontecia eu é que fazia as apresentações e comunicação. Logo, eu era a estrela do lugar.

Daiane começou a responder às minhas investidas com gentileza e bom humor, e certa vez consegui dar um beijo rápido, às escondidas, do qual ela logo escapou. Achei que era por cautela de estarmos no trabalho.

Os clientes também ficavam loucos por ela, homens e mulheres. Será que ela tinha um caso com Luciano? Num fim de noite, certa vez, Daiane já havia ido embora e fiquei até mais tarde bebendo com Pepe e Maurício, ambos se confessaram também apaixonados por ela. Vi que não era, então, o único, aquela mulher deixava todos loucos, com seus lábios carnudos, cabelos pintados de loiro e pernas maravilhosas.

Eu me perguntava se o sucesso do nosso Dumas não se devia mais à presença dela do que do próprio chef. Eu não podia reclamar, se não estivesse ali toda a noite olhando aquela deusa trabalhar, estaria onde? Em casa comendo congelados? Talvez num show de jazz, adoro música.

Não demorou muito para vários clientes se apaixonarem também por Daiane. Ofereciam dinheiro, viagens e até empregos. Ela recuava, mas não se ofendia, ia aos poucos fazendo amizade com todos.

Depois de alguns meses finalmente me dei conta que para Daiane eu era igual aos clientes apaixonados do restaurante, ela não chegava a me dar um corte claro e objetivo, ao invés disso ia jogando comigo.

Tempos depois, minha irmã, que sempre disse que eu mais atrapalhava do que ajudava, me procurou dizendo que a clientela sentia minha falta. E de fato muitos dos clientes do Dumas eram meus clientes no Litoral Norte e me acompanharam em São Paulo.

O que me deixou feliz, verdade que a maior parte da vida sempre me senti um inútil, como disse o razoável sucesso do restaurante do litoral se devia à minha irmã e aos chefs de cozinha, que por lá passaram. E muito do sucesso do Dumas era consequência do sublime trabalho do Robson, o baixinho e apagado chef cearense.

Verdade é que sempre tive um paladar exigente, e apreciei uma gastronomia que vai além do bem feito. Amo comer, tanto quanto amo mulheres. Mas talvez a idade me tornava menos atraente para elas e a gastronomia ia se tornando mais sedutora para mim.

Sim, eu estava feliz. Embora eu fosse só fachada em ambos restaurantes, era alguém para sociedade. O que não percebia é que cada vez mais me tornava um escravo dos sorrisos de Daiane.

Pensava nela o tempo todo. Desejava-a.

A notícia da demissão de Daiane me pegou de surpresa, foi um choque. Me comunicaram que ela não mais ia aparecer. Tentei falar com ela, marcar um encontro, que ela duas vezes desmarcou em cima da hora.

No seu lugar arrumamos uma menina alta, uma atriz jovem e bonita. Era simpática, mas também não nos tornamos amigos.

Depois de um ano no Dumas, fui perdendo a motivação com o lugar. Não só eu, mas todos, os clientes diminuíram, depois Robson foi para outro restaurante e por último, a atriz pegou a protagonista de uma peça e nos deixou.

Maurício e Pepe se juntaram para brigar com Luciano, aliás, que nem aparecia na casa. Minha irmã Brenda, nesse meio tempo, se casou com um construtor do litoral e estava feliz, não sentia minha falta.

Um dia não fui trabalhar, ao invés disso, fui a um show de jazz. Saí de lá com a sensação de que desperdiçara minha vida com uma vida que não era a minha. Resolvi que me faria bem cantar. Tive uma depressão seguida de uma enorme vontade de cantar.

Liguei para amigos músicos antigos, produtores musicais e de tanto mandar mensagem arrumei um show para fazer. Me senti ótimo, me senti enorme.

Tanto fazia agora, nessa altura da vida, ser um grande cantor ou apenas um cantor de casamentos. No segundo show chamei conhecidos, amigos e familiares, todos ficaram encantados, na verdade, ficaram perplexos, eu parecia ter nascido para aquilo. A maturidade da vida me trouxe um talento que, inexplicavelmente, não tivera na juventude.

Alguns anos se passaram, minha vida agora era só música.

Comecei a sair com uma cenógrafa, a conheci numa festa de moderninhos alternativos, já estávamos juntos há uns dois meses e certa noite fomos jantar fora. Estava olhando o cardápio e ouvi uma voz familiar, era Daiane. Levantei para abraçá-la, ela sugeriu os pratos e disse que estava bem, que eu estava diferente.

Ela sabia que eu estava de volta com o jazz, mas ainda não fora e nenhum show meu. Nos despedimos e não soube mais de Daiane.

Fui para Portugal fazer shows, e acabei terminando o relacionamento com a cenógrafa. De Portugal fui fazendo shows pela Europa, e fiquei fora do Brasil por um ano. Quando voltei para São Paulo, fui ao restaurante em que Daiane trabalhava. Ela estava lá, mais linda ainda. Daiane melhorava com a idade.

Convidei-a para me ver no palco. Dias depois ela apareceu. Terminado o show me sentei com ela para beber. Ela me confessou que nunca imaginara que eu fosse tão bom cantor e me falou do meu carisma no palco.

Fiquei feliz e tentei beijá-la, ela recusou.

Depois daquela da noite, tive a certeza de que minha carreira como restauranteur havia definitivamente chegado ao fim. Eu agora não tinha nenhum vínculo profissional ou afetivo com a gastronomia.

Nunca mais voltei, no restaurante de Daiane, nunca mais soube dela. Para não mentir, a última notícia que tive dela, foi a de que ela havia se casado com o Robson, o chef cearense e tiveram um filho.

A FISIOTERAPEUTA

A FISIOTERAPEUTA

Nesses últimos tempos passei a nadar mais de uma hora por dia. Não sei dizer quantas piscinas eu faço nesse tempo, muito menos a distância percorrida no treino. Nadar para mim sempre foi uma terapia.

Até o dia em que meu ombro começou a doer. O médico disse que podia continuar nadando, desde que fizesse fisioterapia por um tempo e passasse a nadar um pouco menos, ou ainda um treino menos intenso. Já tentei outros esportes, mas nenhum deles me dá prazer como nadar.

Eu tinha saído de um cinema ali na região da Avenida Paulista, e acabei indo encontrar um amigo num bar na Rua Augusta. Ela estava na mesa ao lado com mais duas amigas. Foi assim que a conheci.

Meu amigo começou a conversar com elas. E aquela coisa de juventude, juntamos as mesas. Dias depois fui à casa dela. Ela morava com um casal de amigos. Acabei dormindo lá. Não transamos nesse dia. Me lembro de estar com um casaco daqueles de militar, de veteranos de guerra, que os hippies usavam e depois virou moda. Lembro ainda da cor da pele branca dela, e de seus grandes peitos.

Na clínica de fisioterapia me encaminharam para uma moça tímida. Fui criado com mais três irmãos, na base da porrada. Também sempre me envolvi com mulheres agressivas. Aquela sessão de fisioterapia me foi esquisita, a terapeuta tinha uma delicadeza. Não lembro jamais de alguém ter sido tão delicado com o meu corpo.

Ela se chamava Gabi, a menina que tinha conhecido num bar

na rua Augusta, depois do cinema. E não, ela não era fisioterapeuta. Era estilista, na verdade era modelo de biquínis, mas estava se tornando estilista.

— Você mora sozinho? — me perguntou a fisioterapeuta. Respondi que morava com Gabi e dois gatinhos.

Foi então que ela me contou que era do interior.

Não tinha atração física pela terapeuta como tinha por Gabi. Mas a preocupação dela, se eu tinha dormido bem, se as dores estavam diminuindo, me tocava fundo.

Aliás, foi a primeira vez que descobri o que eram dores. Eu nunca tive dores, sempre tive incômodos, mesmo no dentista.

Estou falando, claro, de dores físicas. Não dores da alma.

Voltei a nadar. Eu me aquecia com os exercícios de elásticos que a fisioterapeuta me passara. A água, novamente, massageava meu corpo, minha pele.

Eu já estava com Gabi há cinco anos. Era fiel.

Mas passei a pensar no jeito que a fisioterapeuta me tratara nas sessões, a delicadeza, a preocupação verdadeira comigo. Será que ela, a fisioterapeuta, era também assim, delicada nos relacionamentos pessoais?

Gabi não nadava, aliás, não fazia nenhum esporte, mas tinha um corpo lindo e atlético. A tal da genética. Gabi cheirava bem, não roncava, e tinha hábitos educados. Vez ou outra até me abraçava e dizia que me amava.

Mas jamais me tocara e perguntara como eu estava me sentindo.

Percebi ali, um dia depois do jantar, em casa, que jamais tivera uma relação tão honesta com Gabi como tivera com a minha terapeuta, fisioterapeuta.

Resolvi dizer, naquela noite, que gostaria de repensar a nossa relação. Não sei de onde iam me saindo as palavras, mas ia falando com clareza sem receios. Para minha surpresa Gabi começou a chorar, disse que não viveria mais sem mim.

Contei então sobre a fisioterapeuta, Gabi muito emocionada não entendeu nada. Compreendeu errado que estaria interessado em outra mulher.

Gabi falou sobre viajarmos, termos filhos, fazer algum curso em outro país, qualquer coisa que nos tirasse do cotidiano sem emoções em que nossas vidas estavam. Sair do automático.

Com o passar do tempo fui esquecendo aquilo. Ainda sentia muita atração sexual por Gabi, e ficamos casados por mais algum tempo.

Até o dia em que conheci a mãe de um aluno, Helena. Comecei um caso com Helena, acabei me divorciando de Gabi. E vivi uns quatro anos com Helena.

Depois, ainda solteiro, me envolvi com outras mulheres, relacionamentos rápidos e superficiais. Já há algum tempo vivo só, e cada vez mais, vou envelhecendo e deixando de procurar alguém.

Ontem quando estava tomando um café numa mesa de doceria, a fisioterapeuta passou pela rua e me viu ali dentro. Ela não parou de caminhar, fez um oi com a mão e me deu um sorriso tímido.

OS ARQUITETOS E O VENDEDOR DE CARROS

OS ARQUITETOS E O VENDEDOR DE CARROS

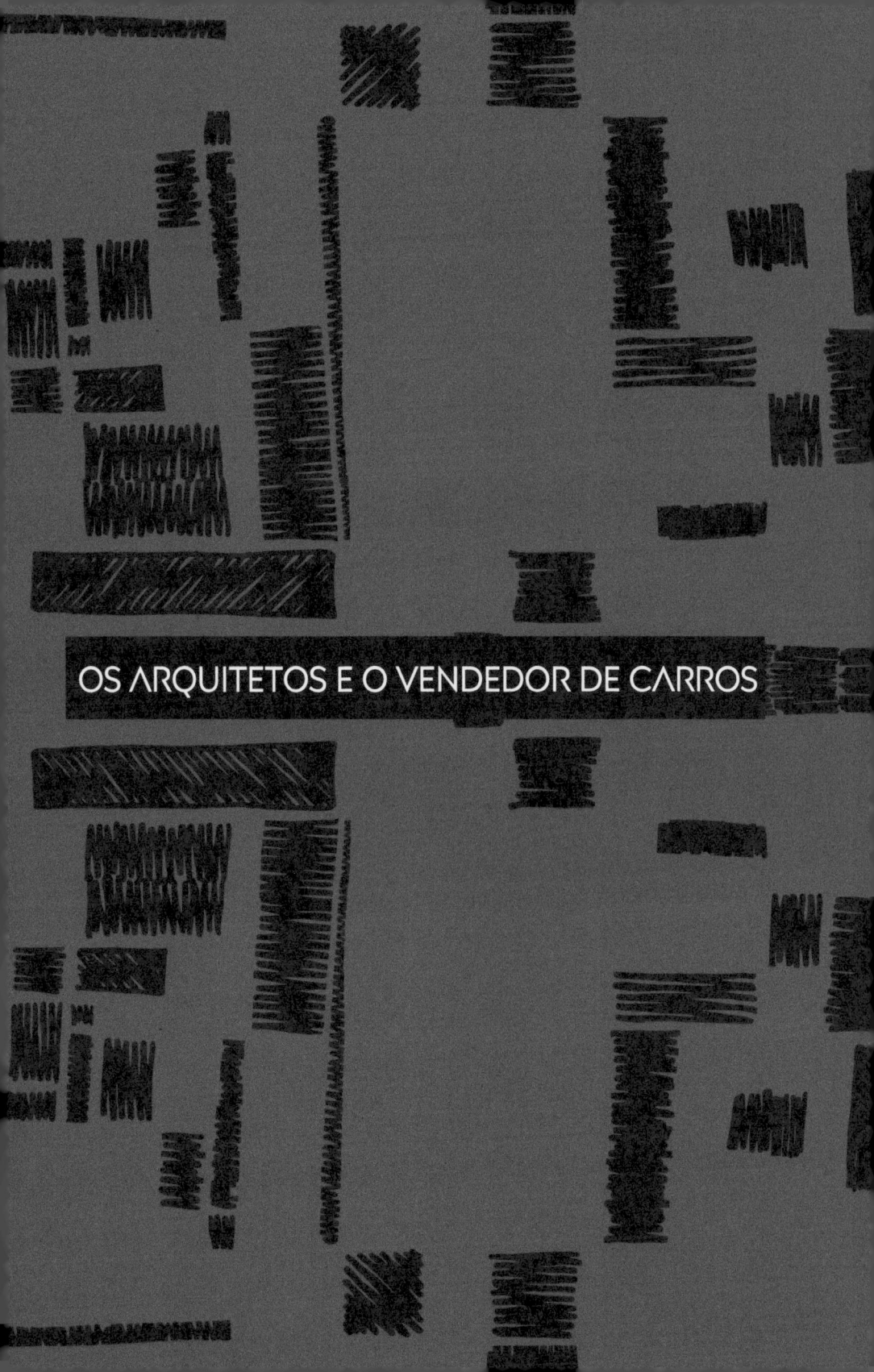

1

Era um desses hotéis decadentes de São Paulo que vão aos poucos se tornando motéis. Noite fria, os dois entram no quarto. Paula tem 38 anos, e Lucas, 22. Ela é alta, magra, enormes peitos e um rosto de beleza clássica. Nada nela é vulgar, um sorriso ao mesmo tempo jovial e confiável. Ele tem os cabelos compridos e cacheados, sem barba, aparenta a própria idade.

Ela quer muito transar, porque há muito ela e o marido não transam. Ele está fascinado por ela. Se Lucas estivesse com uma garota da mesma idade, pareceria mais sensual; ao lado de Paula, fica meio bobo, misto de medo e nervosismo. O rapaz se esforça para ser inteligente e responder poeticamente às perguntas de Paula.

Jovens são mais poéticos e conseguem focar na inteligência, na própria inteligência. Lucas estava se formando em arquitetura, era criativo e ambicioso. Aquela ambição dos homens.

Paula era arquiteta, feliz na profissão. Nunca teve aquele sentimento masculino de ser um Niemeyer, apenas gostava das coisas bem-feitas. E Lucas era um rapaz "bem-feito", simétrico e belo. Em tantas opções que Paula sempre teve em festas e baladas não era difícil selecionar o mais belo.

Aquele rapaz era para transar, e ela não queira muita conversa e carinho, afinal era casada. Queria alguém que puxasse seus cabelos e gostasse dos seus peitos.

Lucas não puxou seus cabelos e seus olhos se arregalaram quando Paula tirou o sutiã. Ele jamais havia visto peitos tão perfeitos num rosto tão lindo e numa mulher magra e alta.

Para completar, Paula se vestia com muito estilo, tudo era fascinante nela. E Lucas adorava moda.

Ela gostou de tocar aquela barriga só músculos e os peitos do menino eram duríssimos. Tudo nele era duro, só a boca que não, e seus lindos cachos eram macios. Lucas gozou depressa demais, mas com a língua fez Paula se sentir nas nuvens, como há muito ela não se sentia.

— Venha trabalhar comigo!

— Como? — perguntou Lucas.

— Eu tenho um escritório, eu e uma sócia e estamos procurando um jovem arquiteto para trabalhar lá. E queremos um homem dessa vez.

Paula explicou que Andrea, sua sócia, não poderia saber que eles haviam transado. Aliás, ninguém podia.

— Sou casada. — disse a deusa. Aqueles dois corpos nus na cama eram a prova de que mesmo um quarto mofado e decadente de um hotel perdido na cidade de São Paulo, poderia ser um cenário romântico e bonito.

— Vai pensando enquanto a gente continua. — Paula veio por cima de Lucas e começaram novamente se amar, digo transar.

2

Região da Avenida Paulista, hora do almoço, céu azul de inverno. Jairo passa em frente à mesa, na calçada de um charmoso restaurante, onde Teo almoça. Teo o chama, Jairo parece não se recordar dele. Teo explica que eles têm uma amiga em comum, a Marta, aluna de Jairo.

Agora almoçam juntos. Pedem vinho. Teo sabe tudo da vida de Jairo, que ele se formou em arquitetura, casou-se com uma colega de curso, a Paula do capítulo anterior. Dá aulas de arquitetura, escreve livros sobre arquitetura e é também crítico de arquitetura no mesmo jornal em que Teo escreve sobre cultura. Sim, Teo é jornalista, tem 32 anos e acabou de separar de Luciano. Voltou a morar, temporariamente, com os pais. Gosta de surfar e de homens inteligentes.

Falam sobre a cidade de São Paulo e sobre Paula e Luciano. Jairo se sente à vontade com o conhecido e o vinho o transforma em novo amigo. Se abre sobre Paula, diz que a relação está complicada, que quando se conheceram na faculdade tinham muito em comum, mas agora cada vez mais estavam distantes.

Combinaram, ali mesmo, de irem ao cinema no dia seguinte. Depois foram tomar cerveja e falar do filme. Começou ali uma amizade. Uma semana depois desceram para a praia, litoral norte, e Teo ensinou Jairo a surfar. Paula estava mergulhada num edital para um centro cultural, em que ela e a sócia Andrea estavam participando.

O melhor amigo de Jairo, Marcão, amigo desde o colégio,

mandou mensagem, e Jairo não teve coragem de dizer para Marcão que estava na praia com um amigo... gay. Então mentiu e disse que estava na praia com uma amante e que dissera para Paula ser um amigo.

Mal sabia Jairo, que seria o começo de uma tragédia.

Jairo há muito, largou mão da sua libido, tornara-se um crítico racional, na faculdade achava que seria um gênio criador, mas aos poucos foi percebendo que o futuro que aguardava, eram reformas ou mercado imobiliário, foi automaticamente se tornando professor e crítico de arquitetura. Mas nunca o seu desejo de ser artista se apagou totalmente.

E outros desejos de adolescência também estavam voltando. Quando viu Teo sem camisa não resistiu, e à noite acabaram se pegando no quarto da pousada.

No dia seguinte acordou cheio de dúvidas, arrependimentos, não da noite passada, mas andando só pela praia, enquanto Teo surfava, pensava que talvez tivesse sido um erro se casar tão cedo e também desistir de ser um grande arquiteto, sem ao menos ter tentado.

Por outro lado sabia que aquilo com Teo não era amor, era só sexo, tesão. Mas será que ainda amava Paula?

Paula era a morada perfeita. A mulher perfeita, a amiga perfeita, Paula era uma super mulher, foi a primeira vez que ele se perguntou de verdade:

— Por que, afinal, ela continua comigo?

3

Paula foi atender a campainha, era Marcão, amigo de Jairo. Provavelmente iriam assistir a algum jogo de futebol, é a única coisa que remente eles tinham em comum. Paula se divertia com Marcão, o achava engraçado, simpático, mas totalmente fora do mundo progressista em que ela e Jairo viviam.

Ainda era bem cedo, e Jairo demoraria para chegar. Paula resolveu abrir uma cerveja e conversaram sobre Jairo. A conversa ia indo bem, até que ela percebeu que Marcão começou a agir mais estranhamente do que normal. Primeiro tentou vender um Fiat para ela, logo em seguida disse que já pensara em se matar. Paula, então fez a besteira de perguntar sobre os relacionamentos de Marcão. Foi quando ele sorriu e disse ser apaixonado por ela.

Depois, tremendo e muito nervoso por conta de nenhuma reação de Paula, disse que havia se declarado, porque Jairo a estava traindo. Foi nessa hora que Jairo chegou.

Paula sorriu, disfarçou, se despediu dos dois amigos, disse que iria jantar com a sócia e foi.

Jairo explicou para Marcão que um outro amigo iria junto com eles ao estádio. Marcão achou estranho aquilo, sempre foram só ele e Jairo, quem seria este amigo? Era Teo.

Os três se divertiram no estádio torcendo para o Palmeiras, e foram comer uma pizza depois. Foi ali que Jairo revelou para Marcão que não estava tendo um caso com uma mulher e que seu amante era, na realidade, Teo.

Marcão sorriu, porque adorou descobrir que Jairo não gostava mais de mulheres, porque agora Paula poderia ser dele. Poderiam ser todos amigos, os quatro.

Jairo ficou aliviado com a reação de Marcão, esperava algo muito mais agressivo e menos tolerante. Mas, não, Marcão até desejou felicidade aos dois.

Os amigos se sentiram mais leves, essa noite, e a amizade dos dois aumentou mais. Chegaram quase a chorar, se despediram na porta da pizzaria e seguiram para suas casas, agora seria uma nova etapa na vida deles.

Marcão, na cama, ficou pensando em Paula, agora poderiam, quem sabe, até se casar. Mas o sono não vinha. Tomou um rivotril, se sentiu claustrofóbico, abriu as janelas. Levantou, andou pela casa. Pensou em sair para andar na rua, ele estava muito ansioso.

Voltou para cama, deu uma vontade de colocar fogo, acender um fósforo e queimar as coisas, uma vontade de esfaquear alguém, colocar fogo e matar pessoas. De fazer o que é proibido. De possuir Paula.

4

Andrea a esperava num bistrô. No dia anterior viera a notícia, o escritório havia ganhado o edital para construir o Centro Cultural numa região afastada no extremo leste de São Paulo. Paula ainda não contara para Jairo. Os três estudaram juntos na faculdade, Andrea, Paula e Jairo. O escritório era para ser dos três, apesar de Andrea e Paula se entenderem muito e ambas terem criado um estilo próprio, que servia a ambas.

O marido de Andrea era advogado e nunca se meteu no escritório. Andrea já tinha dois filhos pequenos. Por isso, sua energia era toda dedicada ao escritório, já que a vida materna e conjugal no momento estava resolvida.

Já Paula, estava bem encrencada.

— Estou grávida!

Andrea, que já sabia do caso com o arquiteto júnior, Lucas, do escritório, entrou em pânico.

— Não vá me dizer que o Luquinhas é o pai?

E era. Paula não sabia se deveria ter o filho. Andrea aconselhou que sim. Seria o fim do casamento com Jairo, e provavelmente ela não ficaria com Lucas, mas seria mãe. E no futuro arrumaria alguém, outro companheiro. Homens é que nunca faltaram para Paula.

Paula nem comentou que Marcão se declarara para ela. Andrea não gostava do cara, e o marido dela o detestava. Achava o tipo perigoso, mas Paula sempre o achou engraçado, até quando se declarou. Não que tivesse sido o primeiro homem a declarar amor incondicional, mas era o amigo do marido. E era um cara repugnante, para não dizer nojento.

Andrea se ofereceu para, juntas contarem a situação para Lucas e explicar que ele não deveria se preocupar. No fundo, Paula até achava que ele havia feito de propósito para ficar com ela. Mas não conseguia sentir amor por alguém tão jovem e sem experiência de vida. Será que ela deveria tentar? O que os pais dela diriam dela estar grávida de um jovem amante?

— Seus pais não têm nada com isso Paula. E provavelmente ficarão felizes de serem avós.

Depois Andrea disse que deveriam agora contratar mais um arquiteto, porque só elas e o inexperiente Lucas, não dariam conta de tanta coisa que o centro cultural exigiria, ainda mais com Paula grávida.

5

Paula abriu a porta de casa, ele entrou, estava alterado. Disse que não conseguia dormir que só pensava nela. Ela disse que não o amava, para ele ser compreensivo.

Ele a agarrou e começou a tirar sua roupa, ela o empurrou. Então deu um tapa nela, puxou seu cabelo a virou e começou a penetrá-la, contra a parede. Ela gritou por socorro. Ele batia mais nela, tapou sua boca, mordia sua orelha e segurava seus braços. Bateu seu rosto na parede. Ela conseguiu se desvencilhar e caiu no chão, ele a chutou, chutou de novo.

Foi nesse momento que Marcão ao entrar na sala viu a cena, partiu para cima de Lucas e conseguiu imobilizá-lo. Paula se levantou e disse que ia chamar a polícia. Lucas se soltou de Marcão e fugiu.

Marcão levou Paula para o hospital. Ela perdeu o filho naquela noite. Jairo não morava mais com ela, havia se mudado com Teo, para um apartamento.

Quando Paula saiu do hospital, Marcão se ofereceu para ficar uns dias com ela em casa.

Paula estava arrasada, mas era bom ter a companhia de Marcão. Jairo e Andrea passavam lá todos os dias. E 15 dias depois, quando Marcão achou que já hora de ir embora de vez, ela pediu para ele ficar mais uns dias.

E ele ficou.

OS IRMÃOS CHAVEZ

OS IRMÃOS CHAVEZ

PRÓLOGO

O texto *Os irmãos Chavez* foi escrito há 20 anos. Trata-se de uma novela ou ainda um pequeno romance canastrão.

Numa época em que eu vivia entre o Club Paulistano, Vila Madalena e a praia de Juquehy, aqui transformada na fictícia praia de Lucrécia, na Bahia e uma ilha em Paraty.

A trama mostra algumas facetas sexuais dos jovens de classe alta, de 20 anos no final dos anos de 1990, retratados nos Chavez, seus amigos e amantes.

Gabriela, a caçula, é linda, desejada por todos os homens da história e invejada pelas mulheres, porém namora um menino feio e inexpressivo.

Duda é masculino, violento, esportista, visceral e ama as meninas negras.

Cris é feminino, músico, meigo, e é também apaixonado pela irmã Gabriela.

Gui, o mais velho, é clássico, gay e namora um menino sarado.

Nenhum deles, da família dos Chavez é baseado na minha família. Fora a minha própria exceção. Creio que eu mesmo sou metade Duda e metade Cris, os filhos do meio.

Publicarei pedaço por pedaço dessa história. Espero imensamente que o leitor se identifique e acredite se tratar de pessoas reais. Também não tenho certeza se continuarei a publicar os textos, tudo vai depender da audiência.

Então, vamos lá, o terceiro sinal foi dado. Abrem-se as cortinas.

CAPÍTULO 1 CHOQUE

Ela saiu da loja de roupas em que trabalhava, atravessou o Shopping Iguatemi, cumprimentou três ou ainda dois conhecidos na multidão. Era uma sexta-feira de fim de ano, seguiu para casa e no outro dia amanheceu morta. Fora assassinada a facadas ou talvez a tesouradas na barriga.

O porteiro do prédio afirmou tê-la visto entrar com seu carro em companhia de um homem no assento do passageiro. O mesmo funcionário do condomínio disse ainda à polícia não ter visto o tal homem sair.

A vítima se chama Gabriela Chavez e beleza igual nunca se viu. Era filha do mais bem-sucedido cirurgião plástico do Brasil de então, doutor Américo Chavez. Gabriela havia há pouco deixado a casa dos pais para ir morar com o namorado Ícaro, um artista de circo que nesse dia estava visitando a família em Londrina, com mais de 30 pessoas como álibi.

Já os irmãos mais velhos da caçula Gabriela, Duda, Cris e Gui, nenhum deles tinha estado com testemunhas ou em eventos que servissem de álibi. Mas não vamos ser ansiosos e já no início do livro lançar suspeitas. Ainda mais que, com a repercussão da tragédia na sociedade da capital paulista, nem foram notadas no começo. Exceto por alguns mais curiosos por desvendar mistérios do que chorar por uma desconhecida ou mesmo afirmar que foi obra de um monstro.

Humano ou não, é difícil saber, mas existia um criminoso e aquilo não fora um suicídio. Às 4h da madrugada, de sexta para sábado Ícaro, recebeu um telefonema de Gabriela:

— Desculpe, acho que fiz... uma burrada.

Depois desta frase ela ou alguém teria desligado o telefone. Ícaro tentou umas quatro ou cinco vezes chamá-la de volta em vão, conforme ele relatou em seu depoimento. Tendo fracassado, ligou imediatamente para a mãe de Gabriela, dona Mercedes Chavez, esposa do Dr. Américo. O casal não tardou em acionar a polícia e às 5h, eles já se encontravam no apartamento de Gabriela com mais uma equipe de vinte pessoas que dobrava de número a cada cinco minutos.

A menina semiviva foi posta em uma ambulância. O dia amanhecia enquanto a sirene cruzava a cidade. Um anjo sangrava genes que foram se encontrar em uma loteria cósmica de quase infinitas probabilidades, que nem matematicamente seguida de uma explicação em português seriam suficientes para tentativa de descrição desta Afrodite, uma deusa mortal que agora sumia.

Não poucas vezes pensamos: não é a pessoa ideal que queria como filho, ou como irmão, mas já que os são eu os amo. Gabriela era realmente amada pelos familiares que quando tentavam imaginar um outro ser que não ela para irmã ou filha, essa figura criada era sempre inferior à sombra de Gabriela Chavez.

Mas de todos os Chavez, talvez Cristiano, o segundo filho, era o que mais demonstrava seu amor. Tinha a irmã como um objeto sagrado a ser posto em altar para ser reverenciado.

Voltemos, então no tempo, para melhor entender a relação de Cris e Gabriela, prometo depois retornar e descrever o velório e o que se passou dali em diante.

CAPÍTULO 2 BAHIA BUCÓLICA

O ônibus vinha lotado de Salvador em direção ao sul, à praia de Lucrécia. Das quatro horas do percurso mais de três já haviam transcorrido, sem ar-condicionado nem CDs, apenas uma revista feminina era a distração de Gabriela, ansiosa para encontrar Cris, que não via há mais de um mês. Pelo telefone, ele disse à irmãzinha ser o local mais belo que conhecera.

Cris era compositor, se considerava guitarrista, mas cada vez eram mais óbvias suas limitações como intérprete e o seu avanço nas composições e arranjos, segundo ele mesmo analisava. Sua banda, formada na adolescência, tinha chegado aos 20 anos, não de estrada, mas de idade dos integrantes, no rastro do rock clássico.

Estavam eles, todos os cinco, em Lucrécia esperando ansiosos pela ainda adolescente Gabriela, que viajava sozinha, e não fora fácil convencerem os pais a deixarem-na ir ao encontro do irmão.

Enfim, o ônibus parou. Gabriela se animou tanto que acordou por completo. Vestia shorts verde-escuro, estilo safári, com bolsos dos lados e uma blusinha branca. Suas pernas e costas praticamente tinham grudado no assento; desceu, pegou a mala, tirou o papel com as indicações de como chegar até a pousada em que Cris estava e começou a caminhar na rua de terra.

Três senhores aposentados que importunavam um quarto senhor, que estava no banco de cimento do ponto de ônibus cochilando cheirando a pinga lhe indicaram a direção.

Como não os achou confiáveis, certificou-se com uma mulher gorda. Gabriela nem percebeu, meia dúzia de homens e garotos preparava-se para ajudá-la com a mala ou informações, mas a beleza da menina era tanta, que ficaram intimidados.

Começou a andar pela estrada de terra, que, aliás, era a única via da encruzilhada com o asfalto. Ela deveria andar mil e trezentos metros, talvez menos, nem se preocupou em encontrar um táxi, também tão pouco passou por sua cabeça a existência de um ali.

A cada duzentos metros uma construção, casinhas e janelas coloridas e muitas roupas nos varais. Era fim de tarde e algumas galinhas faziam happy hour, ciscando milho, para variar apareceu um cachorro ao seu encontro, teve medo a princípio, mas uma criança disse que ele não mordia.

— Todo dono fala isso!

— É verdade que de vez em quando ele morde quem eu não gosto, mas só quem eu não gosto, que não é o seu caso, moça!

Gabriela sorriu. Depois veio uma curva e a estrada se alargou; era uma enorme reta. Foi então que viu pessoas lá no fundo do quadro. Uma delas com os braços levantados, ela reconheceu Cris.

Ele estava de bermuda azul escuro que passava a altura dos joelhos, com seu quase 1,90 cm, pois exceto Gabriela, os outros Chavez eram todos altos, ela tinha só 1,60 cm.

Os dois eram os únicos que pareciam irmãos, apesar de Gabriela ter olhos verdes e os cabelos de anjo loiro, já o músico era castanho-claro de olhos e cabelos, compridos e que lembravam os da irmã. Ele vinha sem camiseta, descalço e com a barba crescida. Com colares do artesanato local, tal quais os amigos que o acompanhavam. O que a caçula dos Chavez não imaginava é que eles tinham tirado o dia todo para recebê-la, mas se confundiram no horário do ônibus e não puderam ir recebê-la no ponto.

— Boa tarde, mademoiselle Gabriela!

Jaime, o baterista, colocou um dos joelhos na terra e chocalhou a mão de cima até o meio da altura da menina, que estendeu a mão para ele dar um beijo, como um cumprimento barroco.

Depois o irmão a abraçou e a rodopiou duas vezes, recolocando-a no lugar para ficar admirando-a. Os outros dois, Guga e Pedrinho que já haviam pegado a mala da moça, agora faziam fila para ganhar um beijo.

— Me desculpem não ter conseguido trazer nenhuma amiga, mas foi tão rápido, que nenhuma pôde se programar. Apesar de não faltar fãs de vocês, mas essas não são minhas amigas!

— Cara Gabriela, saiba que apesar de guardarmos esperança de algum dia, um de nós ser cunhado do Cris, pois milagres acontecem todos os dias, estamos nos dando muito bem nessas férias com as locais e as turistas também.

Foi aí que Gabriela percebeu a falta de Caio, o vocalista. Ele não fora recebê-la. A verdade é que ela estava acostumada a grandes recepções masculinas, afinal era linda e a caçula de três irmãos. Mas Caio era diferente, era um segredo, ninguém sabia, pelo menos ela não havia dito a ninguém. Exceto à sua melhor amiga: o vocalista a cantara e a fez deixar de ser donzela.

Seguiram em direção à pousada e a menina não perguntou por Caio, pensava ela que nem passava pela cabeça de Cris tal traição ou até passava, quem sabe, mas afinal Cris era seu irmão e não namorado. A banda alugara um chalé com duas salas, suítes, e ainda uma pequena copa, e tudo cercado por uma varanda com redes. Era um dos 15 chalés do complexo da pousada. Três estavam em uma suíte e dois em outra. Agora, com a chegada de Gabriela ela ficaria com Cris em um dos quartos e os outros quatro ficariam juntos, pois Lucrécia estava sem nenhuma cama sobrando em toda a vila.

Depois de ter arrumado as roupas no armário foi ter com a banda; sentaram-se em uma mesa e disseram que a levariam à noite até a vila, onde compareciam quase todas as noites a um bar, para dançar e beber.

— Toca forró?

— Depois das 2h30 até nascer o dia, é o Brasil real na pista! — respondeu-lhe Guga.

— Mas se você está com a ideia de dançar é melhor ir dormir um pouco — concluiu Pedro, enquanto Jaime mostrava ainda um lanche, que ia colocando sobre a mesa.

Em cinco minutos adormeceu. Cris levou-a para o quarto.

Já era noite quando acordou meio sem se lembrar onde estava e até entender o espaço, onde era a porta, a janela e o banheiro. Viu alguém, sentado na outra cama, observando-a no breu. Ela concluiu que era Cris e depois de se espreguiçar lançou os braços em direção à figura, pois o irmão a levantaria e lhe daria um beijo.

— Oi, é macia a minha cama?

— Essa era a sua cama?

Como o rapaz veio para a frente beijá-la, acabou entrando no raio de luz que vinha da porta aberta para a sala. Foi quando Gabriela viu a enorme boca vermelha e reconheceu Caio.

O vocalista era parecido com uma daquelas estátuas da Ilha de Páscoa, com lábios bem vermelhos e pele escura. Caio não contrastava nas plantações de cacau. Não tinha uma beleza clássica, nem tão pouco exótica, mas era charmoso para as adolescentes.

O que Cris tinha de inseguro Caio tinha de seguro, ou seja, era um babaca que não sabe que o é e se considera o tal. Pior é que temos a propensão de nos apaixonar por pessoas assim.

— Oh, grosseria, por que você não foi me buscar também? Estava ocupado com o quê?

Ele não respondeu, continuou a encará-la, riu e ia deixando o quarto quando Gabriela disse:

— Te trouxe um presente!

Mas ele nem se virou e saiu.

CAPÍTULO 3 CADÊ AS CHAVES?

O bar ficava próximo da praça, onde uma catedral barroca era iluminada. Um quarteirão metade rural e metade urbano, continha os três bares de Lucrécia; a cor predominante eram o branco e o amarelo da nave e torres do templo. Já o "Beco do Sucesso" era edificado em madeira. O vento penetrava com facilidade tanto quanto os clientes, que circulavam também pelos outros dois botecos.

Era meia-noite e o lugar já estava cheio. Em uma das mesas, Gabriela em um vestidinho de estampas vivas, observava Caio conversando com uma garota no balcão, enquanto bebia whisky com Cris e os outros.

Ela notou que a menina pouco olhava para Caio e estava começando a dar sinais de retirada. Foi então que Gabriela perguntou a si mesma: "Como eu fui transar com esse feinho e baixinho?" "Se com ele tinha sido bom, com outro poderia ser até melhor." Olhou em volta, mas não viu ninguém que a interessasse, e acabou dando de cara com Cris de camiseta preta. Começou a tocar um CD dos Rolling Stones. Cris era realmente lindo, mas que droga! Além de lindo, ele tinha um sorriso que, com certeza, desconcertava qualquer mulher casada.

— Cris, se você precisar eu trouxe camisinha!
— Para cima de mim, sua punkinha virgem!
— Nem de signo, Cris!
— Então, passa para cá que vou precisar.

Levantou-se e foi atrás de uma das muitas neo-hippies do lugar.

Caio agora a olhava, mas ela já ocupara os olhos tentando ver onde o irmão fora.

— Pronto, o Cris deu uma folga! — disse Caio, ao seu lado. Mas ela nem escutou e o álcool agora a fazia rir à toa só de olhar para Guga e Jaime. (É muito nome, eu sei).

— Vamos dar um rolê? — propôs Pedro, que dizia ter arrumado um beque. Foram.

Subiram para uma colina mais afastada, não para se esconderem com medo de serem pegos por uma autoridade local, mas sim para ficarem mais à vontade e terem a vista do mar. Era lua cheia e duas garotas vieram se juntar. A brisa morna levantava o cabelo de todos que em roda passavam o baseado de mão em mão, um ou outro, apesar da boca seca, introduzia com o dedo umas porções de saliva para a seda não descolar. Quando Cris ensinou essa manha para Gabriela, ela não achou higiênica, mas agora nem se dava conta e também o fazia automaticamente.

Caio puxou Gabriela pelo braço até a praia; ficou nítido ao vocalista apesar de estar "doidão" e um tanto alcoolizado, que a menina não estava mais apaixonada e isso reverteu o jogo, ainda mais depois de Gabriela se esquivar das tentativas do vilão em tentar roubar-lhes alguns beijos.

— Você ficou mais doce agora à noite — disse a mocinha.

— Que calcinha mais linda essa sua Gabi, quando você abre as perninhas... Sem querer eu vi lá no bar, com esse vestidinho.

— É me enganei. Você não tá mais doce e sim amargo.

— E você não está mais a fim de mim, não é?

De repente Caio largou seu braço e se afastou. Mal Gabriela

teve tempo de virar as costas e Cris surgiu com uma menina.

— Essa é minha irmã e esse é o meu amigo Caio, que você conhece bem, ele está tomando conta dela para que nenhum malandro se aproveite da sua falta de experiência.

— Nossa você é linda! — cumprimentou a menina.

— E malandra! — concluiu Caio.

— Ai, como vocês dois estão chatinhos, ninguém precisa tomar conta de mim! Já de vocês...

Cris contou que sua amiga, se é que era só amiga, daria uma festa no dia seguinte na casa onde ela e outras meninas de Ribeirão Preto estavam.

— Vem, vamos dançar forró. — propôs Cris. A irmã aceitou, então os dois desceram a colina em direção ao bar, deixando a menina e Caio atrás, ao luar.

Dançaram algumas músicas e todos ficaram admirados de ver um casal tão apaixonado, e eram lindos diziam alguns. "Tão bonitos que até parecem irmãos."

Gabriela quis ir dormir e Cris a levou de volta para a pousada. Estavam altos por causa do whisky, mas o sistema neurológico dos dois ainda estava bem coordenado, ainda mais depois da dança.

A irmã quis saber se Cris estava beijando a menina de Ribeirão Preto, ao que ele bobamente respondeu ser só dela. Estavam agora na porta do chalé, trancado.

— Cadê as chaves, Gabriela?

— Onde está Cris, Chaves?

Cris tirou um molho de chaves que caiu no chão. Os dois se abaixaram para pegá-lo e um rápido beijo na boca foi trocado, mas logo interrompido. Cris se apressou em abrir a porta e os dois não se encararam mais. Não fora um beijo de irmãos como já acontecera sempre na presença de testemunhas, apenas o chamado selinho.

CAPÍTULO 4 POR ENGANO

O beijo daquela noite de luar fora diferente. Já no quarto os dois irmãos tardaram a pegar no sono. Gabriela virou o rosto para a parede e Cris ficou a mirar o contorno do seu corpo desenhado pela luz da lua no lençol branco.

— Boa noite, Gabi!

— Boa! Mas podia ser melhor.

Esta última frase foi dita bem baixinha. Dormiram.

Eram onze da manhã quando o estômago dos irmãos os despertou. Lucrécia deveria ter uns dois quilômetros, mas ficava praticamente selvagem, fora um ponto onde todos os turistas e vendedores locais se concentravam. A irmã não se conteve e soltou um suspiro após passarem uma pequena duna e finalmente encararem o verde mar da mesma cor dos seus olhos. Metade da frequência diária já estava lá. A banda já era conhecida no pedaço e se instalavam com mais uns quarenta agora conhecidos.

De repente chegou Caio, com os olhos ainda meio fechados e a mão imitando um boné, para se proteger da claridade. Não estava de bom humor e completamente estragado da noite passada, como ele disse um trash! Mesmo assim foi até o carrinho do Cecílio e pediu uma batida de coco com leite condensado e vodca. Gabriela o seguiu e sentou-se ao lado com uma água de coco. Acabaram indo os dois andar na praia e quando atingiram um local mais reservado, decidiram nadar e no meio das ondas se beijaram e estava tudo indo bem até Gabriela resolver ir embora, depois de Caio tentar arrancar seu biquíni.

De volta ao guarda-sol não viu ninguém, mas todos a chamavam:

— Vem, Gabriela!

— Vem jogar.

Uma pelada havia se iniciado, dividida em dois times: o masculino versus o feminino. Essa partida não foi a primeira da vida de Gabriela, mas a segunda, por isso logo na primeira dividida se desequilibrou e veio de encontro à areia fofa. O jogo não parou e a jogada prosseguiu em gol, um garoto veio, agachou-se em gesto de vocação de médico humanista e lhe tocou levemente o pé e com um sorriso perguntou:

— Tudo bem com você, Gabriela? Sou o Ícaro!

A menina agradeceu o garoto de cabelos pretos cacheados e pele branca e sem perder tempo voltou em campo, depois de 15 minutos fez até um gol. Suspeito, mas fez, depois de driblar Cris e Pedro.

Foram todos se refrescar no mar e ao final ninguém sabia ao certo quem havia vencido. Ícaro nunca vira pessoa tão maravilhosa e pensou que nunca mais a veria, por isso se empenhou em guardar o retrato de Gabi em sua mente. Como somos impotentes diante do destino. E quão errado estava o jovem artista de circo sobre sua sorte.

Estavam agora todos em um pátio que lembrava um cenário de teatro. Janelas de vários tamanhos e formatos, escadas que pareciam ir para os lados e não para cima, varandas ou terraços que sugeriam diálogos amorosos e uma mesa colocada com comida ao centro. A quarta parede com um muro preenchido com árvores na frente e atrás , em alguma propriedade vizinha ou parque.

Tapete Voador, esse era o nome da banda de Cris, que se juntara a uma segunda voz local, um regueiro negro de nome Ronaldo, que vestia uma camisa verde camuflada, cabelos grandes e pontudos para cima, e era acompanhado por três violões e Caio.

— Tem bolo. Se você quiser.

— Não, obrigado!

— Cerveja na geladeira.

— Não, obrigado!

— Maconha.

— Ah, isso eu quero.

Tereza, a menina de Ribeirão Preto, tentara ganhar a confiança de Gabriela. Há um mês estava apaixonada por Cris.

— Você tem mais dois irmãos, não é?

— É. E você?

— Eu tenho duas irmãs. Aquela ali sentada, tomando cerveja, viu?

— Vi. É mesmo a sua cara. Quem é a mais velha?

Era Tereza, a outra, a mais nova de todas, era muito jovem e havia ficado em Ribeirão Preto. Tereza quis saber se os outros Chavez eram também parecidos com ela e Cris, ao que Gabriela respondeu que não e que ela amava mais Cris do que os outros.

Disse ainda que tinha uma relação muito complicada com Duda e que com certeza eles nunca se dariam bem.

— É um boy babaca. Dirige igual a um imbecil, não respeitas as outras vidas, briga no trânsito e quer dar porrada em todo mundo. É um bêbado irresponsável, mau caráter com todas as namoradas... Também bem-feito para elas, pois ele só namora putas.

Já o Gui é diferente, é um cavalheiro, é culto, calmo e tenho boas conversas com ele. Só que nem tudo ele me conta, me esconde muita coisa. As duas continuaram a conversa, Tereza mais ouvia que falava. A banda fez um intervalo e depois das palmas, muitos garotos, inclusive Caio, vieram assediar Gabriela. Ela ainda permaneceu sentada e pode ver Cris se dirigindo para o interior da casa com a mão em volta do ombro de Tereza.

Já lá dentro, nenhum dos dois tinha pressa em tirar as roupas; Tereza estava com uma camisa justa e tinha enormes seios naturais. Cris se sentou na cama e Tereza em seu colo. Enquanto conversavam, se beijavam um pouco, como se faz em um namoro.

— O que você e minha irmã estavam conversando? Falavam sobre mim?

— Que convencimento! Quem disse que o assunto era você?

— E quem mais poderia ser?

— O Caio, por exemplo.

Dizendo isso, Tereza partiu para cima de Cris e os dois se deitaram na cama, mas ele imediatamente parou e quis saber o que e como Caio havia entrado na história. Tereza já sem camisa e sem sutiã, em cima de Cris, não queria mais namoro e sim sexo.

Cris não tomou iniciativa, apesar de se surpreender com os seios de Tereza, mais belos do que supunha a sua vã filosofia, bicos proporcionais, avantajados, de um brilho intenso. Tereza é o que uns chamam de cavala, mulherão, costas lindas, um cabelo liso, uma guerreira germânica, o sonho de qualquer bezerro...

— O que é que Caio tem com Gabriela?

— Olha se for para você desistir de qualquer coisa, hoje à noite, me arrependo agora de ter mencionado o nome de seu amigo. É só um achismo meu, mas como tem muito irmão que é cego...

— Mas Caio é feinho!

— Também não é assim; ele tem seu charme, não é príncipe como você, mas também não chega a ser um bufão!

Tereza veio e mordeu o lábio inferior de Cris, depois lhe deu um beijo e o puxou de volta para rolarem na cama.

Ele se levantou e foi olhar pela fresta da janela e viu Gabi na ponta oposta de onde os músicos estavam, sentada, bolando um baseado, tranquila, naquele festivo pátio. Tereza, deitada de costas, apoiada em seus cotovelos, observava a paranoia do irmão ciumento.

— Deixa a menina se divertir, não achei que você fosse do tipo irmão conservador machista!

— Não é nada disso...

— Vem cá, relaxa!

Ela calou a boca de Cris e o puxou de volta para a cama, mas foi um sobe não sobe, que terminou por não subir mesmo. A menina fazia sexo oral e quando ele colocava o preservativo, novamente, desanimava.

Cris largou Tereza olhando o teto, se vestiu, desceu as escadas, saiu ao pátio e pediu que Caio, que a essas alturas estava de mãos dadas com Gabriela, fosse comprar jornais, o que ele entendeu e saiu fora. Convidou sua irmã...

— Vamos transar?

Ela adorou, riu e disse:

— Cris, a gente é irmão.

— Como que você foi ficar com Caio, ele tem as pernas peludas e é sujo, tem bafo e é feinho.

— Não sei, sou louca!

— Então é verdade, e eu estava jogando verde.

— E eu te gozando.

— Tá, mas o convite ainda está de pé.

A irmã, fingindo levar na brincadeira, aceitou e disse não ter pressa, afinal estavam os dois na mesma suíte. E foram dançar forró.

Mas não pense você que Tereza perdeu a noite. Jaime, o baterista, entrou por engano no quarto dela, do mesmo jeito que por engano Cabral veio parar ali no Monte Pasqual. E que noite tiveram!

CAPÍTULO 5 *ÍCARO*

Ícaro treinava no Circo Escola Picadeiro. Ele viera do interior do Paraná para estudar. A sua humilde família que o queria ver doutor, não sabia que ele trocara a faculdade de comunicação por estágio de malabarismo com fogos nos faróis.

Nem só de circo vive o homem, por isso o nosso trapezista trabalhava por pelo menos três dias da semana em um restaurante descolado dos Jardins, próximo à Avenida Paulista.

Depois de passarem pela porta giratória e se sentarem, as três meninas ricas, bonitas e charmosas, esperavam para serem atendidas. Ícaro, que era o garçom da praça de mesas mal podia acreditar:

Gabriela Chavez sentada ali; levou três cardápios para as três falantes amigas e fez o pedido de bebidas.

— Eu quero uma diet coke com gelo.
— Me traz uma água sem gás.
— Tem Campari?
— Vamos tomar um Prosecco?

Foi o que propôs Carla às outras duas, que nem olharam para o garçom Ícaro, tão entusiasmadas que estavam com o papo.

Quando Ícaro ia colocando as bebidas sobre a mesa, arriscou:
— E aí, jogando muito futebol?

Gabriela o olhou com uma carinha do tipo: "O que está acontecendo?" Era um reflexo dela depois de tantas cantadas. Ícaro recuou e fingiu que foi buscar alguma coisa, e prometeu a si mesmo não falar mais nada até elas irem embora.

Carla o achou uma gracinha, no que Flavinha que era super influenciável concordou. Já a Chavez não o aprovou, ainda mais quando viu que o entrão ganhara a confiança das amigas, que decidiram convidá-lo para a festa de aniversário de Flavinha que seria no dia seguinte.

Ícaro contou então que a vira na Bahia. Que jogaram futebol juntos. Durante essa rápida conversa, as outras duas se divertiam em flertar com o garçom, na saída disseram que a sua presença era realmente exigida na festa.

Ele foi, e sozinho. Quando chegou e viu que o número batia com o prédio à sua frente, quis dar meia-volta. Era um desses edifícios palacianos com seguranças de terno na porta. Caiu em si e se perguntou o que ele, um rapaz da província, faria ali em uma festa onde não conheceria ninguém e que fora convidado por três garotas bêbadas? Deu meia-volta para ir embora, mas lembrou-se do rosto de Gabriela. Percebeu que estava apaixonado e riu. Ícaro criou tal segurança que durou até apertar a campainha, mas aí já era tarde demais.

Abriram à porta e o apartamento estava repleto de jovens endinheirados. Ele realmente não tem nem um conhecido e obviamente não sabia para onde ir e por isso agarrou a primeira taça de vinho branco que passou. Por sorte, sua aflição não durou tanto; Carla, assim que o viu apresentou-o a todos.

Carla não demorou nem 15 minutos para ver que Ícaro não tirava os olhos de Gabriela Chavez que estava sentada em um divã em outra ponta do salão e nem o havia cumprimentado.

— Vá até lá falar com ela; aquele que está lá é um só mais um e ela não está nem aí para ele. Mas também não se iluda, pois ela também não está nem aí para você.

Dizendo isso, ela passou a conversar com Pedro Paulo e Ícaro pediu licença e foi se lançar à Chavez.

— Oi, Gabriela.

A menina não se levantou deixando os rapazes aos quais apresentou um ao outro, e como ela não se lembrava do nome de Ícaro disse apenas "um cara que esteve na Bahia com a gente"; depois ficou em pé e retirou-se. Tanto Ícaro quanto Antonio, esse era o nome do outro conquistador, não se sentiram desconfortáveis com a situação e tornaram-se até cúmplices.

— Ela é linda, não é? — perguntou Antonio a Ícaro.

Antonio sorria, mas Ícaro baixara a cabeça e foi ver a vista do terraço e de lá pôde ver o Circo Escola Picadeiro mais o Morumbi todo que ficava do outro lado do rio Pinheiros.

— Parou de chover?

Era Gabriela que veio a ter ao seu lado.

— Eu estava no mesmo ônibus no qual você foi de Salvador à Lucrécia. Sentei-me no fundo e vi a hora em que você entrou. Depois te vi na vila à noite com seu irmão, não sei por que eu achei que vocês namorassem. No dia seguinte, eu e um amigo palhaço também treinamos algumas acrobacias na praia e ele, seu irmão, acho que se chama Cris, não é? Aproximou-se e quis aprender uns truques de malabarismo. Eu pensei "estou ensinando o homem mais sortudo do mundo a fazer malabarismo". Aí ele me disse que era músico e logo fomos jogar futebol... Foi quando você apareceu de biquíni e eu tive a certeza de que você é a mulher mais linda que já vi...

— Ai, por que você não fala alguma coisa que eu não saiba hein?

E depois de um silêncio:

— A Carla não vai arrumar ninguém para namorar e a culpa é minha. Todos os caras se aproximam dela querendo me comer e não ela.

— Mas não é o meu caso, menina, eu sou virgem. Ícaro disse isso e no mesmo instante se arrependeu, contorcendo os olhos. Gabriela viu que foi sincero e ia brincar dizendo que nem ela era, mas achou melhor ficar quieta e ficou por cinco longos segundos.

— Você tem cara mesmo.

— De virgem?

— Não, de coragem.

— É o olhar que nós temos no circo, é como se tivéssemos umas olheiras escuras embaixo dos olhos e que apesar de parecer maquiagem não é.

— Afinal, você é palhaço ou trapezista?

— Eu sou o Tony de Suares, que é o palhaço que imita errado os trapezistas.

— Você acha que eu levo jeito para palhaça?

— Não. Você é bonita demais para ser uma.

Gabriela que estava sorrindo fechou de novo a cara e já ia entrar para a sala.

— Olha, eu me esforço para não dizer que você é linda, mas não estou conseguindo, OK? Mas se você não gosta de elogios eu também não gosto de desprezo e não é só porque você é rica e bonita e eu feio e pobre que vou me desmerecer, pois apesar disso eu tenho outros talentos também.

Gabriela, que parecia brava, começou a rir de repente de Ícaro, depois ficou má e como fora provocada, revidou.

— Vamos ver o que acontece então se eu te der um beijo agora e você recusá-lo, por mim nem vou ligar.

Puxou Ícaro e meteu-lhe a língua dentro da boca, e para sua surpresa foi o melhor beijo da sua vida até então, e depois que eles se soltaram ela saiu atrás de água, dizendo:

— Nossa, que vertigem! Fiquei arrepiada!

Ícaro, já sozinho no terraço, olhou para o céu e disse:

— Eu nunca duvidei que você existisse!

Logo em seguida Gabriela voltou trazendo água.

— Com quem é que você está falando? Vem aqui terminar, seu virgenzinho.

O leitor me perguntará se essa conversa de que Ícaro era invicto é real. Só respondo que foi assim que me contaram, se é verdadeira ou não como Gabriela perceberia. O que posso dizer seguindo uma lógica torta, é que sendo a caçula de três grandes e fortes irmãos, dessa vez com Ícaro, a garotinha do papai se sentiu a dominadora.

CAPÍTULO 6 PARATY

Gabriela é das que acreditam no pensamento de alguns sábios antigos que o nosso planeta Terra é um ser vivo e que o equilíbrio entre a convivência das espécies é fundamental para que a mãe natureza continue a existir. Por isso ela amava ir à ilha dos Chavez, em Paraty, e se esbaldava de fauna e flora.

Duda estacionou a camionete na marina e um marinheiro já os aguardava na lancha. Ao chegarem à ilha, no fim da tarde, tiveram uma surpresa: puderam ver Pedro Paulo e Carla na praia antes mesmo de chegarem ao píer. Dona Mercedes arranjara com uma amiga um helicóptero e um amigo senador emprestara o outro, ou seja, tanto ela como o primogênito Guilherme e os amigos de Gabriela não gastaram nem 40 minutos, ao passo que Duda e a irmã levaram quatro horas no mesmo percurso, e olha que Duda corre na estrada (Que otimismo eu tinha em relação ao tempo de viagem nos anos 1990).

À noite, fizeram um lanche com poucos à mesa. Talvez, já que estamos a avançar no romance, o leitor faça confusão com os nomes dos personagens. Em verdade, o leitor deve se intrigar como eu mesmo não me perco, por isso mesmo, decidi chamar dois personagens que vou agora incluir como casal Puritano.

Pois então, recapitulando os nomes, estavam à mesa Duda, Cris, Gui e Gabriela, que são os irmãos Chavez. Fora eles, a mãe dona Mercedes, sua amiga Lourdes Maria, Pedro Paulo que fora apresentado a Gui, Carla e o casal Puritano de namorados, cujo rapaz era filho de Lourdes Maria.

E essa, por ser uma fresca muito parecida com sua amiga Mercedes, ficou impressionada quando Madame Chavez requisitou que o simpático Cris tocasse Chopin ao piano após o jantar, conversavam sobre os recentes casos de estupros que ocorriam já há uma semana em Paraty, relatados pelos funcionários da ilha.

Gabriela, excitada com tão mórbida história de garotinhas que mesmo de dia eram forçadas por esse cidadão rastafári que se fazia passar por jovem descolado, pediu ao irmão que tocasse alguma coisa clássica.

— Ah, Cris, faz isso para sua irmãzinha!
— Mas eu sou roqueiro, sou oposição, vou agora me deprimir?
— Por favor, vai!

E o músico, com o corpo obedecendo e a boca protestando, seguiu em direção ao instrumento como lhe pediram as mulheres da família. Sentaram-se nos enormes sofás e poltronas brancas, num terraço que percorria toda a casa, onde se realizaria o tal esperado almoço de Natal.

Lourdes não se conteve e acrescentou um ronco ao piano e para surpresa de todos Cris foi o primeiro a rir e ao que tudo indicava ele iria trocar Chopin por algo mais contemporâneo e acelerado; não foi o que aconteceu, talvez pela aparição da lua cheia, ele começou o seu repertório de Beethoven. O rapaz Puritano acordou a mãe e disse para se recolher ao quarto. Dona Mercedes despediu-se e foi-se, para onde, aliás, Lourdes já havia ido.

Eu creio e acho que o leitor também, que as madrugadas foram inventadas para a prática sexual. Não que as outras horas do dia, inclusive da manhã também, não sejam fascinantes.

A moça puritana era bonitinha e o rapaz bem atlético; os únicos assuntos que dispunham eram ou falar mal de alguém ou falar mal de alguma celebridade. Mas os Chavez odeiam o puritanismo e enquanto o rapaz se distraía a conversar com Carla sobre alguma futilidade, Duda e Cris, que estavam do outro lado, começaram a chamar a Puritana com olhares obscenos para que viesse ter com eles.

Gabriela, que percebeu a pegadinha dos irmãos, aumentou a conversa com o Puritano, que nem percebeu então a falta da namorada, que já estava no escuro sendo chupada por Cris e Duda.

Vamos dormir, que amanhã o dia vai ser puxado, pois os irmãos Chavez irão a Paraty e da última vez que lá foram juntos, até o prefeito foi tirado da cama. Mas isso só à noite, porque de dia o Puritano vai esquiar duas vezes: uma com Cris, enquanto Duda transa com Puritana, e depois com Duda, enquanto Cris está transando com Puritana. A bem da verdade talvez o Puritano, até percebesse o que estava rolando. O que não podiam imaginar é que ele, o Puritano já estava loucamente apaixonado por Gabriela.

CAPÍTULO 7 JÉSSICA

À noite, estavam os irmãos Chavez e outros jovens da casa arrumados para irem ao continente jantar. Iriam a um lugar sugerido por Gui e Pedro Paulo. Dona Mercedes, em vão, tentou persuadi-los a ficarem; temia que pudessem beber ou que o mar virasse, ou ainda qualquer outro imprevisto que prejudicasse o almoço do dia seguinte. E para se mostrar aos hóspedes que chegaram junto do Dr. Américo, mandou que os filhos fizessem uma coluna, e na frente de todos, os fez prometerem que retornariam cedo e sóbrios depois do jantar. Depois, suspirou, deu com os ombros e foi acabar os telefonemas e arranjos finais da véspera.

Puritana era a mais arrumada, com uma luz diferente da de ontem. Também estava revigorada. Ao chegarem ao píer da vila, Duda comunicou que não iria acompanhar o resto do grupo ao restaurante, e antes que alguém pudesse questionar a ação tão inesperada, ele já havia sumido.

Nessa noite, Duda estava atrás de liberdade, de poder ir onde quisesse sem estar constrangido nos seus movimentos, sem ninguém que o irritasse ou soubesse quem ele era. Decidiu, então, ir a uma boate de Paraty, frequentada pelos locais, lugar que raramente um turista se arriscava a entrar.

Muitas garotas bonitas passaram por Duda antes que Jéssica cruzasse seu caminho. Ela usava uma saia branca e passou muito recatada, apesar de aparentar muita simpatia. Nada em Jéssica lembrava vulgaridade. Pele era preta, cabelos longos, a boca sensual remetia ao frescor de frutas, dentes perfeitos e branquíssimos e um corpo esbelto redondíssimo na bunda e nos seios.

Ele foi babando em cima, e ela, apesar de sorrir, se esquivou. Duda não desistiu e a abordou. Ele perguntou seu nome e onde morava, tudo ia em um tom não natural, até então desconhecido de Duda. A intenção dela era parecer normal e no momento em que achou o registro certo:

— Eu vou para lá, tá? Tchau!

Ele ainda teve tempo de se virar e ver a ninfa passar com sua saia e brincos compridos e um perfume bom. Decididamente Duda não abordaria nenhuma outra naquela noite; a decisão foi beber. Pegou uma cerveja e sentou-se em uma das mesas. Passaram-se dez minutos e Jéssica reapareceu. Ela o puxou para um canto mais deserto e beijaram-se.

As mãos de Duda acariciavam os ombros da bela Jéssica, que pele macia e dura, que boca. Virou, então, o corpo de Jéssica e a abraçou por trás, pegando em seus cabelos, e foi o cabelo dela que o fez se apaixonar. Mais tarde ele confessou que nunca viu nem sentiu cabelos mais macios e cheirosos. A barriga preta o deixou mais excitado, e a menina, percebendo as intenções de Duda em querer carregá-la para outro lugar, se soltou e deixou claro que iria embora. E que se ele ficasse menos atrevido, que ligasse para o número do telefone, e assim que o anotou, ouviu:

— Duda, saía daqui! Por favor, senão ele te mata!

Mas Duda riu ao ver que se tratava de um menininho duas vezes menor que ele, e como o local veio para cima dele gritando, com uma ginga de malandro, não se conteve após o pivete apontar o dedo para Jéssica e chamá-la de vagabunda, deu um só soco no queixo do pivete, que desmaiou. Tudo foi tão rápido que o resto da boate nem percebeu a agilidade do movimento de Duda e deram o pivete como bêbado desmaiado ou coisa que o valha.

— Vamos embora que eu te levo para casa!

Pegou a menina pelo braço e deixaram o local, que ficava em uma zona neutra entre o centro histórico, onde ficam os turistas, e a periferia de Paraty. A menina, ao ser interrogada por Duda, sobre quem era aquele, disse que sua casa era seguindo em frente a rua de pedra, que tinha um muro antigo de um lado e casas abandonadas e comércio fechado. A vegetação intensa, trepadeiras no muro e árvores antigas em ambos os lados da rua deserta. O casal ia de mãos dadas e percebeu que três homens os seguiam e quanto mais eles apertavam o passo, os três se apressavam para alcançá-los. Jéssica sugeriu que virassem à esquerda e saíssem correndo em busca de socorro, o que não foi possível, pois 200 metros depois foram encurralados em um beco pelos sujeitos.

Se o leitor imagina que o pobre fidalgo tremia as pernas a ponto de desmaiar, vou desapontá-lo. Duda, além de não ter medo algum, sentia-se feliz.

— Oh, playboy! Tá com pressa? Apronta pros neguinhos e foge assim? Comer meu cu você quer, né? Chupar meu pinto você não quer!?

O sujeito que vinha gritando agora andava com um amigo de cada lado e os três eram amigos do outro, que Duda derrubara.

— Ele só me defendeu, falou?! Ele agora é meu namorado e não quer mais encrenca. Vocês estão em três e eu sei que te conheço, que você não é covarde e nós estamos indo nessa.

Duda nem ouvia o que Jéssica dizia. Partiu para cima dos três e quando o chefe se deu conta do tamanho do Chavez e da total falta de cautela, não teve outra opção, após um soco na orelha e um pé no peito que o fez voar, do que levantar-se e correr.

No que os outros dois seguiram o exemplo do líder. Mas Duda era bom corredor e ainda o alcançou, e dando-lhe uma série de bordoadas, só cessou quando teve o desconfiômetro de que poderia pegar mal e a garota considerá-lo perigoso.

A agressividade de Duda não era a de um herói romântico pressionado por algum tipo de injustiça e que favorece fracos e oprimidos; era o que se chama nesses tempos de gratuita, afinal ele não é mercenário.

— Saiba que agora você me causou sérios problemas!

— Mas eu só te defendi

— É, mas você não estará comigo para me defender novamente.

— Quem falou que não?

— E aquele carinha que você derrubou na discoteca me persegue e me amedronta há um ano. Por que você não apareceu antes, hein?

Deixemos de lado por um momento a bela Jéssica e o agora esforçado Duda, que juntos caminham pela rua na noite quieta.

Antes de irmos para a cama ou a lugar com os dois, voltemos à boate onde eles se conheceram. Se Duda não encontrou nenhum conhecido naquele lugar e se depois de se despedir e sumir de Jéssica sem deixar telefone, seria como se nunca tivesse ido. Acontece que, às vezes, mesmo quando não conhecemos ninguém ao redor, não se pode afirmar que ninguém ao redor nos conhece tão pouco. E Rubens conhecia Duda muito bem, apesar de se cruzarem na multidão e Rubens ao dar um "oi!" nem fora notado pelo bárbaro.

— Mas quem diabos é Rubens? — quer saber o leitor.

Ora, pois lhe respondo: Rubens é o detetive desta história. Ou não é um romance policial? E já estava mais do que na hora dele surgir. Embora Gabriela nem tenha morrido, nesse ponto da história, impossibilitando qualquer início de investigação e tampouco Rubens deixe de ser um leigo no assunto de criminologia, o que ele é, porém é bom saber que são dessas e outras recordações que Rubens e nós usaremos para caçar o assassino de Gabriela Chavez.

Rubens é amigo de Carla, que é amiga de Gabriela. Ele é um tipo magrinho, feinho, de barba malfeita, metade hippie e metade aristocrata. Desses que se vê aos montes em cursos de sociologia pelo país afora. Carreira, aliás, que ele estuda. Porém não pense que Rubens não tinha também boas qualidades, além do engajamento em ONGs e viagens ao Fórum Social, quer dizer, das boas realmente só sobram duas: uma é a curiosidade e a outra é... Sinto muito, mas o neocomunista será nosso guia, mais por coincidência de estar nos lugares certos do que por deduções geniais.

Tentou ainda ver Duda já do lado de fora, para cumprimentá-lo direito e perguntar sobre o almoço na ilha dos Chavez, no dia seguinte, para o qual dona Mercedes encontrava-se apreensiva como já disse anteriormente. Não vendo ninguém, seguiu para o centro histórico no Largo do Rosário, onde ficavam os vendedores ambulantes de pulseirinhas. A demora foi de cinco minutos para que Carla viesse correndo abraçá-lo. Rubens demorou mais tempo do que o normal segurando-a entre os braços; era evidente que o futuro sociólogo era apaixonado por sua amiga e confidente. Depois Pedro Paulo, seguido dos irmãos Chavez saudaram Rubens e apresentaram-no ao casal Puritano.

— Comemos em um restaurante persa, você deveria ter nos acompanhado.

Mal Carla disse e Gui se apressou a dizer um "cuide-se" para Gabi, Pedro Paulo percebe que o primogênito dos Chavez partia para uma empreitada solitária, que o deixou além de constrangido perante os amigos por não ter dado certo, também um pouco magoado, pois havia se iludido na sedução inconsciente de Gui.

— Não fujas, meu doce irmão, e lembre-te que a minha custódia e segurança foi posta em tuas mãos por nossa responsável mãe.

— Gabriela, minha linda irmã! Deixo-te não sozinha e perdidamente abandonada, mas em melhores mãos e mais cuidadosos olhos do jovem Cris, que escolhe o teu bem-estar em prioridade ao próprio. O que eu confesso e tu bem o sabeis, sou um egoísta e sendo mais franco, invejo a tua beleza que de tanta claridade rouba o pouco de colorido que tenho. E se não te convenci, o que noto por essa carinha meiga de cinismo, pois te vi nascer, contente-se em ter o nosso irmão que a bem da verdade em beleza não é menos profundo que vós, ao teu lado. Porque se Cris me desse um terço dos olhares que a ti presenteia, eu por mim seria o mais feliz antiquário da terra!

E fingindo rodar uma capa imaginária sumiu rua adentro,

misturando-se à multidão.

— Não vá ainda, Gui. Só mais um minuto, eu ia te dizer...

Essa frase de Gabriela não foi ouvida por Gui, ele estava realmente atrasado. Aliás, como todos nós, que estamos sempre por almoçar o que já devíamos ter feito. Mesmo quando em uma atividade o leitor, se julga adiantado em outras áreas, há de concordar que muito ainda temos de passar a limpo. Digo isso para iniciarmos o próximo capítulo, mas não pense que Jéssica desaparecerá do mesmo modo que surgiu.

CAPÍTULO 8 GIOVANNI

Guilherme é homossexual. Eu ia iniciar falando de infância, vestiário masculino, rumos marginais, masturbações. Para quê? Ele é e pronto. E depois Gui é um Chavez, logo desde cedo pôs sua libido em prática ao invés de se questionar, e por ser bonito não teve maiores dificuldades.

Agora se segure leitora.

Abriu a porta do quarto 14 da Pousada Constantinopla e deu de cara com um gatinho de boné preto virado para trás e sem camisa, de nome Giovanni.

— Oi, Gui! Entra aí.

Giovanni, estava deitado na cama de lado, com a mão direita segurando a cabeça e o joelho esquerdo levantado, não parecia furioso pela demora de Gui. Tinha fumado um baseado e acordara há pouco, sem ao menos saber que horas eram. Assistia TV. Com certeza a(o) leitor(a) acharia a barriga de Giovanni, um tanque de lavar-roupas com as entradinhas na altura da cintura, que folgava espaço entre a pele e a bermuda, muito superior à programação televisiva de sempre.

Com os peitos durinhos e um braço perfeito com tatuagens tribais, ele se arrepiou todo quando Gui começou a lambê-lo.

— Desculpe, aquela nojentinha ficou me segurando!

— Eu só aceito você falar assim de sua irmã porque estava com saudades. Mas não gosto que você a chame assim. E para falar sério quero conhecê-la para ver se ela é gostosa igual ao irmão. Será que ela transa igual ao irmão?

E como Giovanni que começou, Gui emendou:

— Ela me apresentou um amigo, que, aliás, está dormindo em casa e nós fomos jantar todos juntos. Vê? Ficou putinho? Não é você que gosta de bacanal?

— Da boca pra fora, que eu não gosto de dividir o que é meu.

— Seu trouxa! É um caretão gordinho!

— E vocês ficaram por aí de mãos dadas procurando peças pro seu antiquário, não é?

Enquanto os dois rolavam na cama, Giovanni ficou por cima e emendou um beijo em Gui, que quando percebeu o amante já relaxado concluiu com gestos pornográficos.

— Não, eu e Pedro Paulo não fomos atrás de peças, só fomos tomar sorvete juntos, assim ó!

Os dois amantes tinham muitas horas de paixão, digo, de sexo mesmo, mas se conheciam pouco, estavam juntos apenas há algumas semanas e como transaram desde a primeira mordida, onze minutos depois da primeira vista, ambos se assustaram quando o telefone tocou. Era da recepção e foi Giovanni quem atendeu.

— Diz que é um rapaz querendo falar com você.

— Mas ninguém sabe onde estou!

A princípio Gui teve medo e Giovanni também, como já disse, estavam em um hotel relativamente grande e cheio, portanto quem quer que fosse não os tornaria vítimas sem alternativas; logo o medo se tornou cautela que se transformou em desconfiança e essa última foi mútua. E como um acusava o outro de estar tramando algo, que deu além da desconfiança, o sentimento que sempre segue e se adiciona à confiança: a curiosidade. Portanto, ambos resolveram deixar o rapaz subir até o quarto. Levou certo tempo e, enquanto esperavam, iam se encarando calados, provocando ainda mais tesão em ambos.

Ouviram o barulho de água, muita água caindo. Uma tempestade que começou no mesmo instante em que bateram na porta. Giovanni acendeu as luzes. Gui ficou esperando o garotinho abrir a porta, mas Giovanni não se mexia. Ele então, irritado, abriu-a com força e voltou para a cama e se sentou.

Giovanni cruzou os braços e ficou perto da janela. Não se via direito o rosto do rapaz que permanecia ainda no corredor escuro. CO barulho da chuva era intenso, não havia sensação de silêncio e o rapaz entrou dizendo "Oi" ou "com licença", alguma palavra para dentro e depois fechou a porta.

O estranho tinha os olhos vermelhos e marejados de água; sentou-se em uma poltrona e abaixou o olhar para o chão. Não se mexia. Os outros dois trocavam olhares do tipo "Quem é esse?".

Uma camiseta que estava no braço da poltrona caiu. Giovanni abaixou-se para pegá-la, mas o intruso foi mais veloz, levantou o rosto e deu a camiseta para Giovanni, que estendera a mão, e depois começou a andar pelo quarto. Gui já ia interrompê-lo e pedir-lhe para ir embora pois era óbvio que Giovanni não o conhecia e estava claro que o rapaz estava com problemas graves e parecia poder ficar violento. Mas antes que conseguisse abordá-lo, ouviu:

— Guilherme Chavez, não sei mais o que fazer e preciso da sua ajuda.

CAPÍTULO 9 ACHO QUE SEI QUEM MATOU GABRIELA

Ele abriu a porta do apartamento. Sua jovem esposa estava vendo um seriado americano na televisão. Era domingo à noite. Ele olhou para ela e lembrou de como ele sempre a amara.

Vindo do bar, ele pensou nesse passado, de quando eram jovens. De quando fazia faculdade de sociologia. Hoje trabalhava em uma grande empresa. Havia se tornado um executivo. Mas no carro lhe ocorrera algo que nunca havia pensado. Talvez por amar tanto a esposa.

— Eu vi o Ícaro, no Genésio, agora.

Carla mal tirou os olhos da televisão. Rubens repetiu:

— O Ícaro. Ele está tão diferente. Acho que faz uma década que não o via.

— O Ícaro? — Carla agora olhava séria para Rubens.

— Como ele está? Falou com ele?

— Chegou da Europa. Disse que viveu lá por seis anos, fazendo circo. Tomamos alguns chopes.

Carla se levantou para dormir.

— Bem, estou cansada, amanhã conversamos. Eu estava só te esperando. Boa noite.

Ela ia saindo. Quando Rubens a puxou pelo braço. Ele se sentou numa poltrona.

— No carro vindo para cá, pensei numa coisa, Carla.

A esposa disse que era tarde e que não queria conversar. Ainda mais aquele assunto de dez anos atrás, de Paraty, almoço de Natal, ela não lembrava mais daquilo. Depois que sua amiga fora assassinada ela tentou esquecer de tudo. Nunca pegaram o criminoso, foi horrível. O processo todo foi dolorido. Pelo menos é o que Rubens achava até então. Até aquele domingo em que ele encontrara Ícaro sem querer num bar da Vila Madalena e ouvira algo quase sem importância. Fato que revelou tudo.

— Estávamos todos em Paraty. Era para um almoço de Natal. Um ano antes de Gabriela morrer. O que eu não sabia é que ele também estava lá.

— Ele quem, Rubens? Já são duas da manhã.

— Carla, acho que sei quem matou Gabriela Chavez.

Ela sentou-se no sofá. Deu um olhar para Rubens que ele estranhou. Um olhar que ela nunca dera. Mas ele já tinha certeza.

CAPÍTULO 10 BARROCO

Se me perguntassem por que os cabelos de Gabriela Chavez, loiros eram tão bonitos, eu não saberia dizer. Esses pelos eram diferentes e o jeito que ela gingava ao andar e o barulho de sua respiração, que podia ser ouvida por Cris, em uma noite tão quieta e que nós sabemos também tão agitada. Às vezes, tenho a sensação de que os opostos realmente se atraem, como diz o ditado, que erroneamente é creditado aos amantes. Mas o pequeno segue o grande, o comprido só o é na presença do curto. A noite segue o dia, e o dia a noite, a vigília segue o sono e o sono a vigília. E a vida segue a morte.

Mas o preto virará branco e o branco virará preto, e o tempo passa e o jovem torna-se velho e o velho, criança. O barroco, antigo e o rock, moderno.

— Eles desistiram, todo mundo desistiu, Gabriela! Não tem mais banda, acho ótimo. Sabe por quê? Eu quero aprender flauta barroca. E a menina resolveu se sentar em um pequeno muro, onde Cris colocou o pé e deu um gole na cerveja, olhou para cima e viram estrelas, as mesmas que estavam lá desde o século XVII. Depois viu a cruz na torre da catedral, essa que já foi testemunha de muitos beijos naquela praça que dava para o mar, há uns cinquenta metros existia um píer de onde os marinheiros viriam para buscá-los e conduzi-los de volta à ilha dos Chavez.

— Você está me dizendo que quer mudar de estilo musical, Cris? Por que a galerinha não quer mais tocar?

— A gente tem que ser algo na vida, não tem?

— Mas o começo é sempre difícil!

— Não estou falando só disso.

Cris se irritou, mas Gabi permanecia ali, linda, com os joelhos indo e voltando, ora batendo-se ora abrindo-se. A boquinha aberta e os olhinhos encarando, mas com a testinha apontada. Apesar de Cris ser seu irmão... Bem, uma saia, uma garota bebendo cerveja, o barulho do mar, as estrelas, a igreja, o vento, que eram espíritos boêmios que passavam e subiam, e os irmãos.

— Gabi, eu quero ser amado!

— Eu te amo, Cris!

— E eu estou cansando.

— Cris, nós não fomos os primeiros nem os últimos a... fazer... A literatura está cheia disto. Um monte de gente é que nem eu e você, mas ninguém fica sabendo. E esse é o jeito que eu te amo e é sincero. Vem cá!

Gabriela tentava explicar a Cris e ao mesmo tempo lhe fazia um cafuné, que não era a intensidade do amor dela, que era pouca, o problema real é que Cris quer outra coisa.

— Concordo, carinha, eu não te conheci num bar. Nós não temos um roteiro juntos. Você não me viu atravessando a rua e se apaixonou. Qual é? Eu nunca vou te perder. A gente vai se amar sempre! Então qual é o grilo? Você não é careta, eu menos ainda. Só que o que pega é que eu conheço cada pedacinho seu, essa mãozinha, esse narizinho, essa boca que eu adoro beijar, esse cabelo!

Gabriela tentou mudar de assunto e passava os dedos pelos cabelos de Cris. De repente, ele se levantou e foi embora para dentro da escuridão da noite. Ela não foi atrás dele porque era óbvio que ele voltaria. Talvez só tivesse ido fazer xixi. Nunca que ele a deixaria ali sozinha, a sua irmãzinha amada.

O vento aumentou e as nuvens fecharam-se de novo. Gabriela ouviu um barulho ao longe e começou a chorar. "Cris não faria isso comigo, Duda, sim, mas não meu doce irmão". E agora aquela praça que parecia tão calma tornara-se sinistra. Um terror. A caçula dos Chavez se lembrou da história do estuprador de Paraty, que os empregados da ilha vinham contando.

Do outro lado da praça, Gabriela viu a silhueta de um homem. Era o Puritano, que se adiantara do grupo para alcançar Cris e Gabriela e por sorte talvez pegá-la sozinha e declarar o seu amor, pois já estava desesperado. A praça ficou escura; por causa da tempestade a luz acabou no Centro Histórico todo, por isso, quando o Puritano foi em sua direção, Gabriela fugiu. Correu pela escuridão. Já estava cansada e não sabia mais para onde ir. Olhava para trás, mas não tinha certeza se alguém ainda a seguia. Foi quando ouviu uma voz conhecida, parou e reconheceu aquele menino.

Sentiu-se salva, porém o menino não sorriu e tinha alguma coisa na mão. Uma faca talvez?

— Tem alguém caído ali! — Duda avistara um contorno na rua deserta, que poderia ser de uma pessoa caída, como também um tronco de árvore trazido pela chuva que agora diminuía de intensidade. Mas era ela e os três altos irmãos pegaram-na e ajudaram-na a levantar.

Gabriela tinha sangue nas roupas, mas nenhum corte. Ela estava desmaiada e acordou assim que os irmãos a levantaram. O dia amanhecia. E uma chuva agora caia.

Nosso detetive Rubens foi o primeiro a ver os quatro Chavez, molhados, chegando a uma padaria do Centro Histórico. Carla, Pedro Paulo e o resto das pessoas admiraram-se com aquela cena dos quatro esgotados e o sol nascendo. Entraram no barco e partiram em direção à ilha no que seria um dia de céu azul e quente. Ninguém se lembrou do casal de Puritanos, que também como Gabriela se perdera durante a tempestade.

Gabriela não contou a ninguém sobre o menino. Quando Carla disse achar ter visto Caio no centro, ela fez que nem ouviu. E o barco seguia em direção a ilha, ela adormeceu, mas Cris pode ouvi-la ainda dizer: — Ícaro.

CAPÍTULO 11- HERÓI

Era a primeira vez que o trapezista viajava de avião. Não havia tempo. Sua namorada estava morrendo no hospital em São Paulo e ele fora passar o Natal em Londrina. Sentiu um começo de pânico misturado com prazer quando a aeronave acelerou na pista para a decolagem. Depois olhou no bolso do assento à sua frente e achou graça no nome da revista. Era o mesmo que o seu. "Pois então não sabem que este nome é ruim para voar e bom para sonhar e acidentar-se".

Já lá em cima, no silêncio, lembrou-se de Gabriela. Como ela estava? Há alguns meses viviam juntos, dormindo todos os dias na mesma cama. E a paixão continuava a mesma. Pelo menos para ele. De repente o céu se abriu e veio o sol. Essa seria uma manhã quente. Tão quente quanto aquela em que Gabriela e Carla foram visitar a antiga pensão. Uma espécie de república estudantil de jovens provenientes da província.

Uma vila de casas que se localiza na fronteira de Pinheiros e Vila Madalena. Gabriela achou as paredes e o piso um tanto abandonados, buracos, às vezes, preenchidos por uma massa sem pintura que já pulavam para fora como fruta madura.

Apesar disso, gostou da liberdade e do colorido criativo com que os estudantes iam decorando o espaço. Era uma comuna e todos, uns 20 moradores e mais alguns agregados em, um terreno com três pequenas casas, pareciam tão diferentes, todos que passavam se cumprimentavam com um "oi" e falavam de suas vidas como em um documentário. Será que eles tratavam bem o Ícaro, lá? Foi o que Gabi pensou.

— Você sente falta da sua família? Da sua mãe?

— Lógico!

Ele respondeu, depois mostrou sua cama e a menina se assustou quando viu o banheiro e pensou: "Tadinho, com esse chuveirinho elétrico e esse espelhinho que embaça, parece uma maloquinha". Do resto adorou e prometeu a si mesma trabalhar no restaurante, com isso ganhar independência e morar por sua conta, como Ícaro. A aeromoça serviu-lhe um suco de laranja.

Meu Deus, como ela está? No final tudo daria certo. E não foi tão grave, lhe disseram por telefone. Passariam o Natal, juntos. Mas ele não entendeu bem: foi um assalto? Uma tentativa de estupro? O que houve com Gabi? Será que ela está bem? Ela precisa de mim. E o sono veio. Só que ele não podia dormir.

As duas amigas sentaram-se na cama de Ícaro e ele se deitou em uma rede que estava do outro lado da janela. "Por que será que Carla está de tão mau humor?" ele se indagou.

— Tem um filme aí, vocês querem ver?

— Acende um, depois a gente assiste. — respondeu Gabi.

Então os três foram para uma salinha com um sofazinho (mais uma cama improvisada do que um sofá) e um pufe. Dois moradores vieram se juntar ao grupo. Shakespeare in Love, o nome da fita.

— Esse filme é irado. Já assisti, mas vou adorar ver de novo.

— disse a Chavez, e depois se encostou a Ícaro que estava entre ela e Carla.

— Pode colocar a cabeça no meu ombro, Gabi.

Logo que o filme terminou, abriram a porta da cozinha e dois estudantes prepararam um cheiroso macarrão com salsichas, e eles, ao verem Gabi não tiveram dúvida em insistir para que todos jantassem juntos naquele começo de noite. A larica era forte e aceitaram. Era o começo do início do namoro do trapezista e a garota, mas por um descuido de amizade, Ícaro beijou a boca das duas amigas muitas vezes, e Gabi parecia não se importar.

Carla não estava muito sorridente, mas sorriu na hora de irem embora e disse baixinho no ouvido de Ícaro:

— Você acha que vai ter essa princesinha, mas ela ama outro.
— O que é que você está falando aí, Carla?
— Nada, não, Gabizinha.
— Se fica doidona... Ah! Me abraça amiga e promete que nunca vai me roubar namorado.
— E como? Mesmo que eu quisesse amiga, todos os homens do mundo são loucos por você. Até os feinhos! Olha aí esse aí.

Carla se referia a Ícaro, que achava muita graça em tudo. Mas agora a ficha caíra. Carla realmente devia ser apaixonada por ele, como ela mesma em segredo já insinuara. Teria Carla alguma coisa a ver com o acidente de Gabriela? Era o que Ícaro se indagava enquanto a aeronave se preparava para pousar em São Paulo.

CAPÍTULO 12 AVENTURA

De dia o local é um sacolão e à noite se transforma em um enorme e interessante restaurante japonês que mais lembra o bairro da Liberdade e o Mercado Municipal, misturados à essência boêmia da Vila Madalena. Rubens e Beto foram para o tudo ou nada.

— Você não faz PUC? — perguntou Beto, e como ele nem sabia direito para qual das três se dirigir, as três não souberam tão pouco para quem era a pergunta.

— Eu faço.

Foi o que respondeu a terceira.

— Então é de lá.

— De lá o quê?

As três que antes fizeram cara feia por serem interrompidas no papo onde resolveriam o que fariam no próximo feriado, depois do "então é de lá", tiveram crise de risos, o que as deixou muito antipáticas. Os dois deram sorte, pois uma delas consentiu que os dois se sentassem. Logo o trio e a dupla tornaram-se uma agradável mesa de cinco. Beto disparou a falar. Rubens estava um tanto inseguro e constrangido, só observando calado. Beto quis saber o que elas faziam, mas antes que as meninas entre goles de saquê respondessem, ele já declarou em bom tom que o amigo era sociólogo da USP, veja bem: USP, com maiúscula. As três se impressionaram com o tímido. Talvez ele realmente fosse um intelectual e as estava desprezando, quem sabe?

Na empolgação Beto não escondeu seu entusiasmo por Freud e soltou:

— Já leram o Mal-estar na Civilização? — novamente Beto errou feio. As três eram estudantes de psico e o que alguém acharia pedante e cômico como Rubens achou, para elas soou ofensivo. Como se ele estivesse brincando com algo sagrado sem ritual ou iniciação. Bola fora! Tudo bem, conseguiram se sentar à mesa com as três.

Rubens percebeu que o amigo ia afundar e tentou impedir o nocaute.

— Vocês estavam combinando o feriado? Faz um ano nesse feriado que eu e o Beto preparamos uma superfesta com vinho, fondue, queijos. Foi a gente mesmo que fez. Convidamos uma turminha. O resultado do investimento foi que as gatas levaram os cachorros e nós dois sobramos tomando vinho e vendo os outros se beijarem.

As três agora se arrependiam de tê-los chamado para a mesma mesa. Não há mal nenhum em bater-papo sem compromisso, porém as estudantes de psico não se entusiasmavam com o drama dos dois perdedores. Mas qual não foi o espanto dos cinco ao ouvirem:

— Rubens! Venha se sentar com a gente.

Era com certeza a menina mais linda que elas já haviam visto. Seu nome? Gabriela Chavez. Lógico! Neste momento a cotação dos dois subiu a mil por cento e as três psico, quer dizer, estudantes, permaneciam com os queixos caídos. Beto mal pode crer que não era sonho. De uma mesa com três desconhecidas e sem importância, foi agora se sentar com a famosa Gabriela Chavez, a gata mais cobiçada de São Paulo.

Quando o amigo contou que havia estado na ilha dos Chavez,

ele desconfiou, porém sentia orgulho de Rubens e se esbaldava em ver as três psico tentando disfarçar a curiosidade do que agora rolava ali naquela mesa de celebridades formadas por Flavinha, Pedro Paulo, a Chavez e Rubens.

Enquanto Pedro Paulo expunha seus comentários sobre o lugar, Rubens se indagava onde estariam Carla e Ícaro.

— São tempos de esquerda, esses nossos. Este lugar é a própria tradução do militantismo descolado paulistano. Apesar de não me fascinar tanto, posso dizer que é um ambiente genuinamente latino-americano.

— Como assim? Desenvolva — pediu Beto.

— Ora, até os lugares ditos GLS são colonizados. Ainda não se firmou a figura do bissexual latino-americano. Hoje os gays têm hábitos nórdicos.

— Talvez exista uma necessidade de a comunidade gay mundial ser uma unidade e tornar-se a minoria mais forte. Foi o que Gabriela disse.

— Onde está Ícaro? — Perguntou Rubens à Gabi.

— Saiu com a galara do circo.

— E a Carla, onde foi?

Rubens percebeu que algo não cheirava bem e por isso desviou o assunto.

Despediam-se os cinco e Gabriela disse a Pedro Paulo que levaria Flavinha para casa. Beto assustou-se quando num surto, ao caminharem em direção ao carro Rubens, pediu que fosse rápido. Deram três reais ao guardador de carro.

— Vai logo, vamos segui-la.

— Quem?

— Gabriela Chavez.

— Por quê?

— No caminho eu falo. Olha lá, o valet entregando a Cherokee preta e elas entrando. Vai!

Rubens estranhou a calma de Gabriela com o namorado sumir e a sua melhor amiga também. Percebeu que Gabriela ao receber uma ligação, Flavinha e Pedro Paulo, que viram a amiga sorrir e falar baixinho, indagaram quem era e ela disse: "meu irmão", sem explicar qual deles.

O nosso detetive pensou: "tem coisa errada aí". Gabriela que pediu a conta e estava ansiosa para quem disse que iria dormir. Não dizer o que levou Rubens a essa excitação; se realmente a curiosidade de saber o que uma deusa como Gabriela apronta por aí, o que aliás milhões de seres têm, vide os paparazzi, ou a relação que talvez tivesse com a sua amada Carla.

Gabriela deixou Flavinha em casa, naquele prédio na Cidade Jardim onde teve a festa de Flavinha no início da história, o primeiro beijo de Ícaro e coisa e tal. Seguiu pela Augusta e o carro sempre atrás da Cherokee.

— Tem certeza de que ela não virou na avenida Brasil?

— Absoluta!

Os dois estranharam muito que Gabriela permanecesse na Rua Augusta. Então, quando ela cruzou a Paulista, os dois se deliciaram. "Vamos realmente ter aventura hoje à noite", foi o que pensaram. A Cherokee passou pelo Anhangabaú, contornou a Praça da Sé e foi estacionar em um banco financeiro no largo de São Bento.

Eu sei, leitor(a), que não é horário comercial, logo, o que ela estaria fazendo lá? É que agora é costume fazer festas no centro de São Paulo. Os dois pararam na própria rua. A música que vinha de um pequeno prédio de cinco andares no calçadão era animada. A Chavez misturou-se com um grupo que estava chegando e subiu as escadas com outras meninas que se vestiam no estilo dito "retrô".

O prédio com certeza era da década de 1940 e possuía um elevador pantográfico, desses de grade que se fecha manualmente. Permaneceram em um local mais escuro observando a Chavez, que dançava com alguns meninos. Ela dirigiu-se até a outra extremidade do andar, um bar com as antigas enormes janelas abertas para o centro da metrópole e as estrelas. Enquanto pegavam cervejas, Gabriela passou bem perto deles muito apressada, mas por sorte não os viu. Correram para o carro e puderam ver a Cherokee saindo.

Dessa vez não era Gabriela que dirigia e sim um homem com um gorrinho azul. A Cherokee deu muitas voltas até parar em um posto de gasolina com loja de conveniência 24 horas. Os dois desligaram o farol e estacionaram o carro na outra extremidade fingindo verificar os pneus. Gabriela permaneceu no carro e a pessoa que dirigia desceu para comprar cigarros, agora sem o gorro; era um menino muito bonito, de cabelos loiros lisos e brilhantes. Foi tudo muito rápido e quando Giovanni e Gabriela iam saindo, Rubens e Beto... sim, leitor(a), com certeza era Giovanni.

Rubens ia fechar a porta do carro, mas sentiu uma mão em seu ombro e viu um homem com olhos sofridos fingindo sorrir:

— Você por aqui, Rubens?

Pronto, não dava mais tempo. A Cherokee sumira e os dois

detetives foram tomar uma cerveja com Guilherme Chavez na loja de conveniência. Nenhum dos três mencionou a Cherokee e seus ocupantes e eles fingiram ser apenas uma coincidência. Um encontro casual nessa enorme cidade. E foi só conversa jogada fora. Depois de se despedirem, Beto, que conduzia o amigo para casa, não dormiu naquela noite depois do nosso detetive revelar o escândalo da irmã ser amante do namorado do irmão.

Para Beto que nunca teve amante e o único risco sexual que foi o de ir à Love Story, aquela informação equivaleu à ida do homem à lua ou ao início da terceira guerra mundial. Na cama, olhando para o teto ele se lamentava: "Por que não acontece nada na minha vida?" E Rubens que a todo instante era acordado telefone, desistiu de atender na terceira vez:

— Não acredito! — dizia Beto do outro lado. Não acredito!

Pois então, creia. Como diz o filósofo francês, aposte que é verdade, que existe, porque se apostar que não existe, existe mesmo de qualquer jeito. Boa noite... Quer dizer.

Rubens vê a rua iluminada através da janela.

— Bom dia! E desliga.

CAPÍTULO 13 DEZ ANOS DEPOIS

Dez anos depois, tudo fica tão óbvio.

Rubens já estava na mesa sozinho esperando há uns quinze minutos. Quando viu o delegado Fiúza entrar. Era hora do almoço e o lugar estava cheio. Fiúza não teve dificuldade em identificar Rubens. O delegado era um homem forte não muito alto por volta de 50 anos. Ele não era nem muito simpático, nem muito agressivo. Mas passava a imagem de um policial, ou engenheiro, ou até quem sabe um comerciante. Jeans, sapatos e camisa social.

— Então o que você quer saber? Você falou sobre um livro?

Rubens explicou, então que se demitira do excelente emprego que tinha em uma grande empresa. Disse ao delegado que a família da sua esposa Carla era muito rica e a sua própria também. Logo, ele dispunha de algum tempo livre para um livro. Um intervalo até decidir o que iria fazer no futuro.

— Sociólogo.

O delegado confessou que chegou a cogitar uma faculdade de sociologia. Enfim, há muitos anos ninguém o procurava para falar do caso Gabriela Chavez. Foi o caso em que mais se empenhou e nunca mais seu nome saiu tanto na mídia depois daquilo. Seu maior desejo na época era resolver o mistério. Empenhou-se ao máximo. Lembrou até de Rubens e Carla. Mas a vida continua, novos casos vieram e esse fora arquivado.

Depois de muito falarem Rubens chegou ao ponto:

— Delegado, é verdade que os três irmãos mais velhos de Gabriela eram os maiores suspeitos?

Para a surpresa de Rubens, Fiúza disse que nunca suspeitou de nenhum dos irmãos. Mas Rubens insistiu e perguntou o que na época rondava todos os ouvidos. Gabriela tinha um caso com o namorado de seu irmão Guilherme. Sabia que Jéssica, namorada de Duda, esperava um filho e que Duda não queria que viesse a público. Sendo que a única pessoa que sabia da gravidez era Gabriela.

Fiúza interrompeu. Disse que aqueles fatos não caracterizavam motivo nenhum.

— Essa menina foi uma vítima, mas ela era um demônio libidinoso. Seduziu quem quis, homens e mulheres.

— Até o irmão, o senhor diz?

— Se você, Rubens, se refere ao caso entre os jovens Cristiano Chavez e Gabriela Chavez, saiba que eles nunca foram irmãos.

Aquilo assustou Rubens. A revelação o pegou de surpresa. Por outro lado, sua teoria agora ganhava mais força.

— E sobre os álibis? Nenhum dos irmãos tinha um álibi.

— Rubens, na época, os segredos não foram expostos publicamente. Cristiano estava no quarto dormindo. No mesmo apartamento em que Gabriela foi assassinada. Na mesma noite. Rubens olhou pela janela a garoa fina, lá fora. Fiúza cortava o bife. Rubens não teve mais dúvidas, se cruzasse as informações com o delegado Fiúza o mistério estaria desvendado. Provavelmente naquela mesma tarde. E aquilo não o deixava feliz, muito pelo contrário.

CAPÍTULO 14 FÚRIA!

Fiúza quis organizar as coisas.
—Vamos falar de um irmão por vez.

Disse que Duda poderia ser, sim, um homicida em potencial. Foram necessários, na época, cinco policiais para imobilizá-lo. Mas seu álibi começou bem antes. Meses antes, em Paraty mesmo. Em outro final de semana. Em que, desta vez, só Gabriela e os amigos estavam na Ilha. Rubens estava lá.

A caseira abriu a porta do quarto aos berros. Eram sete da manhã e foi depois de muito custo que Gabriela, que ainda nem acordara direito, entendeu. Seu irmão recebeu um telefonema que o deixou tão transtornado que o fez quebrar o aparelho, dizendo "Eu mato!". Com os olhos bem vermelhos, correu até a lancha e seguiu para o continente.

Gabriela não acordou nenhum hóspede. Reuniu os empregados e perguntou se alguém sabia para onde poderia ter ido seu irmão. Nercito, o caseiro, respondeu-lhe que com certeza era coisa relacionada com a "neguinha", como se referia a Jéssica, namorada de Duda.

Gabriela foi rápida, colocou um segurança e Nercito em outra lancha e partiu para socorrer seu irmão, fosse qual fosse a encrenca. Jéssica tinha uma amiga que a ajudava a enganar a mãe para que pudesse se encontrar com Eduardo. Ambas diziam à mãe de Jéssica, que ela tomava conta de Laurinha, filha de Bianca, sua amiga, quando ia trabalhar como garçonete.

Quando a mãe descobriu a tramoia armada para que a filha

saísse por aí para "galinhar", como chamava o namoro com o jovem apaixonado Eduardo, jurou dar uma surra que deixaria a filha de cama. Abandonou o tanque quando viu ao longe a filha, que chegava com cautela, mostrando os lindos dentes com um sorriso. Bianca, que também era mãe, entrou na frente e por não ser mais adolescente disse à outra que era crime bater em menor, que daria cadeia, na certa.

Não foi a argumentação de Bianca que brecou a mãe de Jéssica, mas sim o tamanho e a confiança da amiga da filha. Por mais coragem que as amigas tivessem, ainda assim eram mulheres e quando o terrível padrasto de Jéssica, com seus noventa e cinco quilos, a puxou pelos cabelos, a mãe não teve maiores dificuldades em espancá-la e humilhá-la na frente de toda a rua. Nem mesmo os histéricos avisos de Bianca de que a amiga estava grávida, detiveram o religioso casal. E uma não caridosa, porém bem-paga vizinha, que ganhava muitos presentes de Duda, não vacilou e telefonou a ele.

Já era tarde quando as buzinas da camionete, que vinha subindo o morro como um trovão, foram ouvidas. Jéssica, no colo de Bianca, já estava desmaiada na frente da casa.

— Foi o padrasto e a mãe. Mas ela ficará boa, não foi a primeira vez — disse Bianca para Duda.

— Mas foi a última vez — ele emendou.

Chutou a porta e entrou. Duda vestia uma macia camiseta azul e calças bem leves, de cor cáqui ou creme. De resto, o que o casal de "pedagogos" viu foi Átila e eles nem conseguiam se mexer. Duda agarrou o pescoço do padrasto de Jéssica e levantou-o do chão, depois lhe deu um empurrão e mandou que ele fosse embora de Paraty e nunca mais voltasse, caso contrário prometeu matá-lo. O homem obedeceu e ao que consta nunca mais foi visto na cidade. Nunca mais foi visto em lugar nenhum.

Gabriela, avisada por Nercito de que a menina no chão, que agora recobrava os sentidos e chorava, era sua cunhada, abaixou-se para ajudá-la e disse à Jéssica:

— Eu sou Gabi, sua cunhada.

Bianca disse à Gabriela que a menina delirava e estava grávida. Gabriela colocou-as no jipe em que viera e junto com o segurança seguiu para o pronto-socorro. Deixou Nercito com Duda para que viessem atrás.

— Foi esse o começo de muitas encrencas, Rubens. Jéssica é uma jovem extrovertida, gentil, linda e muito charmosa. Duda não foi o único playboy a se interessar por ela. Um amigo dele, Ricardo Freitas, tentou assediar a moça. No dia do assassinato de Gabriela, Duda foi preso em flagrante, na porta do prédio de Ricardo. Duda quase o matou com uma surra. Dezenas de testemunhas. Não sei como a imprensa não soube. Acho que foi o pai de Ricardo que conseguiu abafar o caso. Quer um conselho? Nunca se aproxime de Jéssica.

Rubens quis então saber de Guilherme. Afinal, esse sim tinha um motivo: Giovanini.

— Sociólogo, segure-se. O álibi de Guilherme Chavez na época poderia ter abalado a República do Brasil. Foi o ponto mais delicado da investigação. Toda a minha carreira esteve por um triz. Mas hoje, dez anos depois, um governo de oito anos de outro presidente, quem se importa. Com essa revelação Rubens não contava. Realmente dissera que estava escrevendo um livro ao delegado, pura balela. Mas, agora, não é que talvez desse algo grandioso?

CAPÍTULO 15 VOCÊ ERA SUSPEITO

Fiúza marcou naquele restaurante. Ele almoçava duas, às vezes, três vezes por semana lá. Estava em casa, por assim dizer. Sabia os nomes dos garçons. Cumprimentava os clientes assíduos. Talvez por isso e por ele, Fiúza, ser um policial, percebeu que Rubens já tinha uma história. E que os fatos que ia contando não modificavam em nada a conclusão de Rubens. Só temperavam, como um molho. Por isso resolveu guardar munição e saber o que o sociólogo tinha para falar.

— Escute, Rubens, antes de continuar eu quero dizer que estudei muito esse caso. Por tratar de pessoas bem relacionadas e poderosas, pode parecer um clichê, mas foi por isso que me colocaram no caso. Desculpe-me a prepotência, mas sou um dos melhores. As coisas não podiam vazar.

— Você mesmo disse agora há pouco, delegado, lá se vão dez anos.

— Rubens, na época, eu calculei distâncias. Fiz mapas, perfis psicológicos. Investiguei álibis. Procurei motivos... A verdade é que nunca desconfiei de nenhum irmão da vítima.

Fiúza disse ainda acreditar que o assassino fosse alguém de fino trato. Alguém, aliás, da convivência dos Chavez. Um tipo de assassino que poderia estar num período de silêncio, mas poderia como um vulcão ser acionado rapidamente. É uma pessoa comum, finalizou.

— Esse assassino, poderia estar quieto por conta de um evento como um casamento? Ou nascimento de um filho?

— Ou um emprego novo. Sim, exatamente — disse o delegado. O assassino pode ser acordado em qualquer instante. Rubens o que eu vou dizer pode ser estranho, mas lembre-se é o meu trabalho. O delegado esperou um momento, respirou e falou:

— Você foi um grande suspeito.

Rubens abriu os olhos. Não podia acreditar no que ouvira. Ele um suspeito?

— Sim. Num depoimento, Guilherme Chavez me contou que você, certa vez, o procurou em uma pousada em Paraty, e disse estar loucamente apaixonado por Gabriela e que faria uma besteira do tipo se matar, se ela não correspondesse.

Aquilo era verdade. E Giovanni confirmou a história ao ver uma foto de Rubens.

— Eu sempre amei minha esposa. Mas qual mortal não se apaixonaria por Gabriela? Eu sei, ela não era para mim. Queria me usar e depois jogar fora.

— Ela te usou, Rubens, e te jogou fora, mas você não desistiu. O próprio Guilherme Chavez te viu certa vez num posto de gasolina seguindo Gabriela.

— Mas ele também a estava seguindo.

— Na verdade, não.

Foi aí a revelação. Guilherme já não mais namorava Giovanni. Aquele era o posto em que a família Chavez tinha conta. Por isso, tudo não passou de uma coincidência. Guilherme e Gabriela no mesmo lugar. Giovanni não mais entusiasmava Guilherme, que na verdade havia começado um romance com a sua grande paixão, seu companheiro até hoje, que na época já era um ministro do

Supremo. Para um rapaz clássico como Guilherme aquele homem representava poder, cultura e sei lá mais o que. O fato é que Giovannis se acham em qualquer balada, ministros não.

Rubens entendeu então o que o delegado queria dizer com cair a República. Um ministro gay? Há dez anos? Seria um assunto maior do que o próprio crime. Foi quando o celular de Fiúza tocou, ele se levantou e foi atender num lugar em que Rubens não podia ouvi-lo. Ao retornar se desculpou, mas disse que era chamado com urgência em uma operação policial.

— Rubens, eu ainda quero terminar nossa conversa. Falta esclarecer muita coisa a você. Adianto algo que disse. Gabriela era adotada. Cris sabia. Não sei com certeza se Gabriela sabia. Mas devia imaginar, três irmãos e pais altos e morenos e ela loira de olhos verde e baixinha...

— Delegado, antes de você ir, me responda: você nunca cogitou de o assassino ser ela e não ele?

— Ser uma mulher, você diz?

— Sim, o porteiro pode ter se enganado. Algumas mulheres são altas e têm cabelos curtos.

— Eu sei. Sua esposa, Carla Tornemberg, tem a mesma altura que você, um metro e oitenta.

Rubens tomou um susto. Aquilo o atravessou. Era talvez uma confirmação?

— Sociólogo, não se esqueça, sou um dos melhores, talvez o melhor.

Despediram-se e prometeram continuar a conversa, ainda naquela semana. Rubens permaneceu sentado no restaurante.

Fiúza se dirigiu à Rua Gabriel Monteiro da Silva, tinha estacionado a dois quarteirões para baixo. Pegou o celular e discou para Jair, seu investigador há doze anos.

— Jair, sou eu, escute. Acho que fizemos uma burrada há dez anos. Gabriela Chavez. Você tinha razão. Espera aí, tô atravessando a rua.

O investigador Jair pôde ainda ouvir o celular cair no chão.

— Fiúza! Fiúza!

Mas ninguém respondeu e o carro não parou. A rua tranquila a garoa caindo e molhando o corpo do delegado.

CAPÍTULO 16 OLGA BENÁRIO

É fim de tarde, a garoa parou e um lindo pôr do sol se abre no Parque do Ibirapuera. Rubens aguarda Carla na porta do prédio da Bienal de Artes de São Paulo. Eles tinham combinado de visitá-la juntos. Seu celular toca:

— Alô, Rubens?!

— Sim, quem é?

— Preste muita atenção. Aqui é o investigador Jair, foi muito difícil conseguir seu celular.

— Você parece ansioso.

— Caralho! Escute, você não é suspeito de nada. Eu quero protegê-lo! Vá imediatamente a uma delegacia.

— O que está acontecendo?

— Eu sei que você ficou mais tempo no restaurante lá da Faria Lima, falamos com os funcionários, logo não se preocupe. Repito quero protegê-lo você não é suspeito. O delegado Fiúza foi atropelado hoje, às duas e meia da tarde.

— Ele está bem?

— Não, Rubens, ele morreu. Vá imediatamente para uma delegacia.

— Ele me disse que ia para uma operação policial.

— Ele mentiu. Fui eu quem ligou quando vocês almoçavam...

— Desculpe, seja lá quem for você eu vou desligar.

— Rubens não tinha operação nenhuma, ele me disse que eu estava certo sobre o caso Gabriela Chavez.

— Certo em quê?

— Sobre Caio Haddad.

— O que é que tem esse Caio Haddad?

— Ele foi encontrado morto meses antes de Gabriela Chavez. Ele era o vocalista da banda "Tapete voador". A mesma banda em que Cris Chavez tocava. Na época foi dado como suicídio. Ele teria pulado do nono andar de sua casa.

— Desculpe, Jair, mas eu vou desligar...

— Rubens, o delegado foi atropelado por um Mini Cooper grafite prata. Testemunhas afirmam terem visto uma mulher ao volante. Aquilo foi demais para Rubens. Agora era certeza, Carla tinha um Mini Cooper grafite prata.

— Rubens, não fale com ninguém. Não fale de jeito nenhum com sua esposa. Vá para uma delegacia.

Foi quando Rubens avistou Carla chegando e sorrindo.

— Inspetor, preciso desligar...

— Onde você está? — onde você está?

— Bienal Ibirapuera.

Foi o tempo de Rubens desligar o celular e cumprimentar Carla com um beijo.

— O que foi? Você está estranho.

— Nada.

— Então vamos entrar que eu estou louca pra ver a Bienal há semanas. Eu tenho uma novidade pra te contar. Aliás, como foi seu dia? Onde você almoçou?

O casal passou pelo detector de metais e entraram no prédio lotado de visitantes. Turistas, escolas, jovens... Carla, sorridente, deu a mão para Rubens. Jair e mais dez policiais rumaram com as sirenes ligadas para o Parque do Ibirapuera.

Carla e Rubens estavam no primeiro andar

— Vamos tomar um café? — disse Carla puxando Rubens.

— Carla quem é Caio Haddad, mesmo?

Carla contou de quem se tratava rapidamente.

No caminho, Jair, que já havia sacado a arma, se lembrava de dez anos atrás. De quando ele e Fiúza seguiram Carla meses esperando qualquer deslize que nunca aconteceu. Mas agora ele poderia provar. O carro que matou Fiúza era o dela. O próprio marido já percebera que estava casado com uma homicida em série. Pegou o rádio e disse:

— Atenção todos: a suspeita é uma mulher de um metro e oitenta, perigosa. É treinada no exército israelense. O prédio está cheio. É para derrubá-la. Repito: é pra derrubá-la. Acertem na cabeça ou peito. Ela é canhota.

O casal tomou o café e seguiu. Carla disse que queria ver a obra do Nuno Ramos. Para Rubens tudo estava claro. Lembrou-se de Caio em Paraty. De quando viu Carla beijando-o num show do Tapete voador. Primeiro Gabi roubou Caio. Depois ficou com Ícaro e ainda tentava ficar com ele, Rubens.

Aquele era o motivo. Ela devia guardar ódio de Gabi. Um ódio profundo e silencioso. Domingo passado quando viu Ícaro, no Genésio, não o reconheceu. Achou que era uma menina por causa da tiara e os longos cabelos de Ícaro. Então também podia ser o contrário, uma mulher ser confundida com um homem. Meu Deus, seria ele realmente marido de uma serial killer?

— Rubenzinho, você vai ser pai!

Carla disse isso e deu um beijo em Rubens.

— O quê? — ele ainda estava avoado.

— Estou grávida.

Realmente Jair tinha razão: Carla fora muito bem treinada. Ela percebeu quando quatro homens se aproximavam com pistolas na mão. Num movimento rápido, puxou Rubens e o empurrou em direção ao chão.

Jair não pensou, nem ele nem um outro policial. Antes de gritarem "polícia", de se identificarem, dispararam contra Carla pra derrubá-la. E derrubaram. A multidão correu. Rubens abraçava a mulher que sangrava. Morreu na hora e o rádio de Jair tocou:

— Jair? Gusmão, estou no estacionamento com o Mini Cooper.

— Prossiga, Gusmão.

— Sinto muito, inspetor. O carro está intacto.

— Como assim?

— A vítima é inocente. Abortar a operação.

Jair ficou tonto. Deixou a pistola cair no chão. Olhou para Rubens e falou só movendo os lábios.

— Desculpe.

E o sol se pôs.

CAPÍTULO FINAL LOVE STORY

Ela está na pista de dança da boate Love Story, no centro de São Paulo. Agora é mais linda do que nunca. Não é mais aquela menina de periferia insegura e fujona. É uma mulher com estilo, com brilho, poderosa e muito, mas muito, sensual.

Jair vem dançando e dá um beijo em Jéssica. Entrega-lhe uma taça de champanhe e eles brindam e dançam e se beijam. Há dez anos essa linda preta era uma menina frágil. Não foi difícil para ela enganar um delegado, que por um lado era um esquerdista preocupado com a sociedade injusta brasileira, e por outro lado um bajulador de poderosos.

Mas um jovem esperto criado nos confins da ZL, como Jair se refere à zona leste, ela não enganou e depois de alguns tapas abriu o jogo. Jéssica esperava um filho de Ricardo Freitas. Gabriela soube pelo próprio Ricardo, da boca dele. Há tempos ela procurava um playboy pelas ruas de Paraty. Conheceu Ricardo antes de Duda. Mas Ricardo apesar de ser de uma família influente e prestigiosa, era um duro.

Quando ela e Duda transaram pela primeira vez, ela já estava grávida de Ricardo. Gabriela chamou a menina para conversarem. Disse que ela, Jéssica, deveria dizer imediatamente a Duda a verdade. Depois ainda deveria arrumar um emprego e trabalhar como ela mesma Gabriela, vinha fazendo numa loja no Iguatemi. Trabalhar? Continuar pobre? E ainda ter um filho de um duro e playboy nojentinho, com quem nem gostava de transar. Jéssica ainda não era uma assassina profissional, por isso, depois de dar as facadas, Gabriela ainda agonizou horas.

Pegou o elevador de serviço. Uma empregada estava nele e as duas saíram juntas. Um porteiro preocupado só com a bonitinha da Gabriela e o "garoto" que entrara com ela, nem percebeu as duas empregadas pretas indo embora. Jéssica com o boné na bolsa.

Jair desenvolveu uma teoria da conspiração tão realista em relação à Carla, que o delegado Fiúza foi entrando cada vez mais fundo. E sempre acreditando, mesmo sem evidência nenhuma. Jair e Jéssica são amantes desde então.

E quando Rubens, numa arrumação achou um diário antigo de Carla, leu confissões de ciúme em relação à amiga, caiu na mesma teoria. Acontece que Jair desconfiou o contrário. De que Rubens tivesse descoberto Jéssica. O casal teve de agir rápido. E agiram. Jéssica esperou dentro do Mini Cooper. Quando viu Fiúza atravessando a rua acelerou.

A música alta e os dois amantes animados na pista. Passaram-se dois dias do ocorrido no Ibirapuera. Em uma mesa afastada um pouco da pista, na escuridão, um homem via Jair passando a mão na bunda de Jéssica. Era Rubens. Ele pegou o telefone e ligou.

— Eles estão aqui.

Guilherme Chavez no outro lado da linha então deu a ordem ao secretário de segurança:

— Fecha o centro.

Viaturas da polícia bloquearam os acessos à região do edifício Copan e da Love Story. Desta vez, Gui não pensou duas vezes em ajudar Rubens, afinal à situação dizia tanto respeito a ele quanto a

Rubens. Na porta da boate, Duda ia entrando e um dos seguranças, um preto gigante o brecou.

— Você, quem é?

— Átila, rei dos Hunos — ele sorriu.

Um outro segurança aproximou-se e disse:

— Algum problema?

— Desculpem, mas hoje eu não gosto de pretos!

O delegado atrás de Duda mandou os seguranças recuarem e liberarem. Os dois vieram bater em Duda. Porém se há dez anos Eduardo já provocava muito estrago, agora com dez quilos mais e em forma, somado com um ódio acumulado há anos, em minutos deitou os dois.

— A casa é de vocês deu, o sinal o delegado que comandava dezenas de agentes à paisana.

Foi quando Cris saiu da e escuridão entrou na pista, tirou um cordão de couro do bolso e passou em volta do pescoço de Jéssica apertando com toda força.

— Ela era minha irmã — disse no ouvido de Jéssica, que ia desmaiando.

Mal Jair teve tempo de reagir, Rubens se levantou e deu dois tiros, um em cada joelho. Cris chutou o corpo de Jéssica pra fora da pista e todos abriram espaço para Duda entrar e bater em Jair até a morte.

No enterro de Gabriela Chavez, seus irmãos choraram muito e juraram um para o outro que se vingariam do assassino da irmã, fosse quem fosse. Ricardo Freitas, já quase careca e ainda mais duro, abriu a porta de casa e viu um motorista dos Chavez. Ele, o motorista, trazia um garoto de dez anos, com duas malas.

— Seu Ricardo, este é o Gabriel.

Finalmente pai e filho viveriam juntos.

Se você, leitor(a), chegou até aqui, espero que tenha gostado da saga dos Chavez.

Cai o pano.

ITAPORINHA

ITAPORINHA

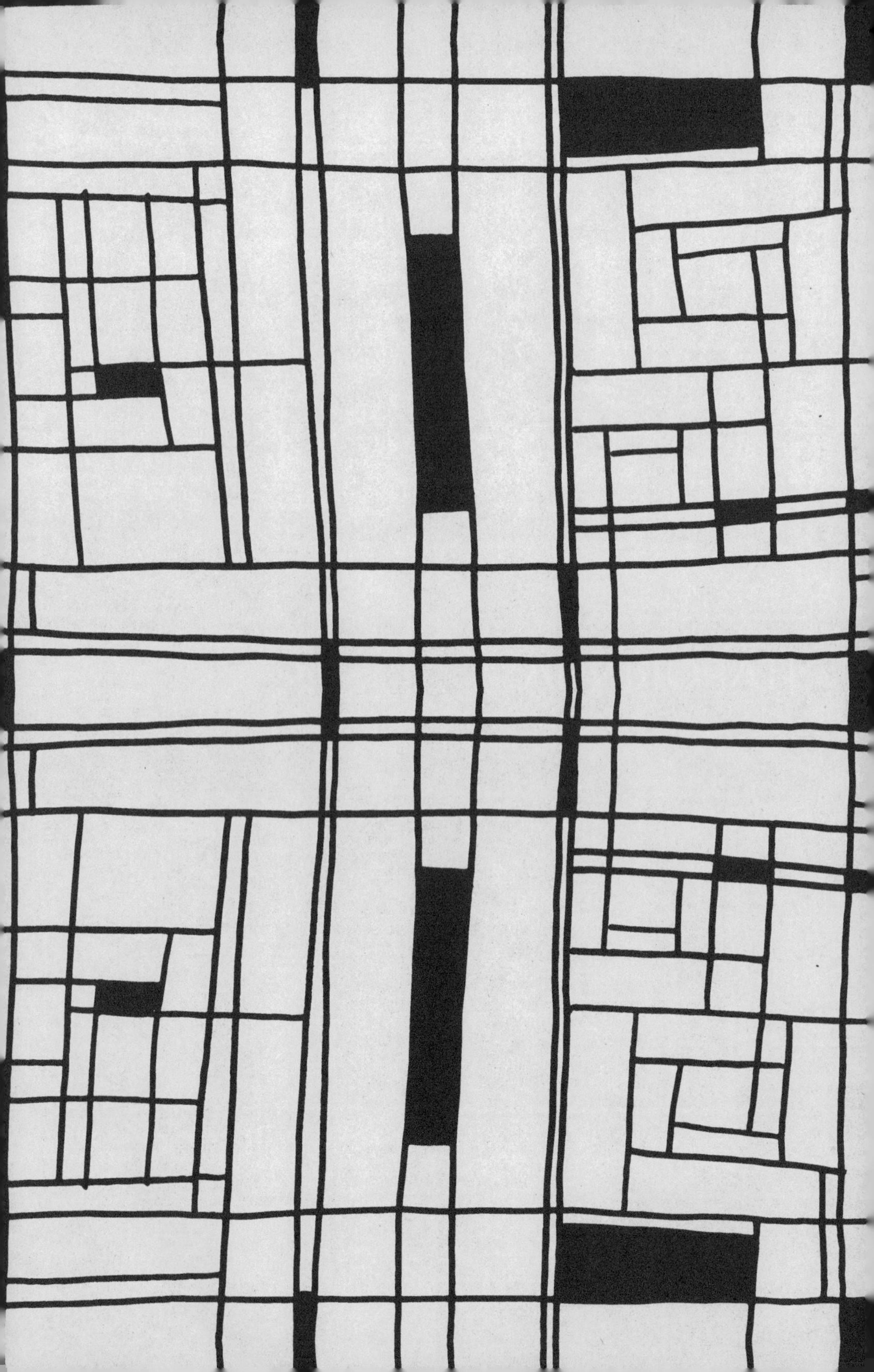

Ele era meu tio, mas mal nos conhecíamos. Seu nome era Roberto Guilherme e havia partido de Itaporinha para ser ator no Rio, antes mesmo de eu nascer.

Pelo que contam, e consta no Google, ele logo fez duas novelas, naquela época não havia as séries de streaming, era tudo TV aberta. No Brasil todo. Dizem que ele ficou famoso não só no Rio e Itaporinha, mas também em todo canto deste mundo.

Foi um sucesso que passou rápido, e dizem que começou, então, a fazer teatro. Nas outras novelas fazia pequenos papéis até que um dia nunca mais o chamaram. Ficou só no teatro, e fez filmes que ninguém viu, ou ainda, que nunca chegaram em Itaporinha.

A última vez que passou por aqui, faz muito tempo. A cidade toda veio ver a estrela, embora naquela época Roberto Guilherme já estivesse decadente, mesmo assim, seu nome ainda era fresco na cabeça das pessoas, a maioria se lembrava das novelas e sucessos.

Todas as moças solteiras da cidade passavam na frente da nossa casa, e as não solteiras também. Ele sorria para todas, conversava e tirava fotos com. Minha avó disse que meu tio nunca se interessou por nenhuma garota de Itaporinha, elas são muito provincianas para o Beto, ela dizia.

Na família, contavam que ele teve tantas mulheres no Rio que acabou ficando sem dinheiro, e viria passar uns tempos em Itaporinha. Compraram mais uma cama, meu tio iria ficar no meu quarto.

A casa era da minha avó, logo meu quarto era tão meu quanto do meu tio. Aliás, era o quarto antigo dele. Nos demos bem de cara. Eu nos meus 17 anos não sabia o que queria fazer do resto da minha vida.

Minhas paixões eram futebol e Dyanne. Era uma menina de 17 anos, eu era louco por ela, mas não sabia como chegar nela. Por isso achei que meu tio Beto poderia me dar uns conselhos.

Ele riu, disse que desse assunto ele conhecia menos do que eu. Como podia ser isso? Eu estava começando a vida e meu tio querendo recomeçar a vida dele. Meu tio veio me perguntar se eu conhecia o delegado Moacir. Claro que conhecia, era o pai da Dyanne.

— Pai dela? E quem é a mãe?

— A mãe é a Cláudia são separados.

Numa quinta-feira o pai emprestou o carro para mim, e o tio e eu fomos numa cachoeira. Lá ele me contou que nunca teve jeito para ser artista, mas chegando no Rio virou modelo e, de modelo, ator de televisão. Agora queria começar algo novo. Disse que gostava de cozinhar e também de confeitaria, me revelou que tinha o intuito de abrir uma padaria gourmet em Itaporinha.

— E você? Vai estudar o quê?

Falei que não acharia ruim ser mecânico ou até eletricista. Mas também disse que poderia trabalhar na nova padaria dele.

Depois ele me falou que tínhamos o mesmo gosto. Mas mesmo gosto para o quê? Eu nem o Rio conhecia, o mais longe que fui foi Juiz de Fora, nem nunca vi o mar.

Aquela convivência toda com meu tio me deu coragem e chamei Dayanne para sair. Fiquei até um tantinho com medo, não só dela, mas do pai dela também, afinal ele era delegado, apesar de gente boa.

Demos um beijo na praça e fomos tomar uma cerveja no bar do Rubens. No beijo de despedida, a Dayanne me disse no pé do ouvido:

— Quem imaginaria que você e eu seríamos parentes?

Uns dias se passaram e meu tio acabou voltando para o Rio. Já era esperado, minha avó deu de ombros, disse que sabia que era temporário mesmo. Voltei a ter meu quarto só para mim.

Fui arrumar as gavetas e achei uma carta muito antiga do delegado Moacir para o tio Beto. Li a carta. Deitei na cama, olhei para teto e já adormecendo me dei conta que Itaporinha toda sempre soube do romance de Beto e Moacir. Menos eu, que agora acabara de descobrir. Dormi indiferente. No começo da noite acordei com Dyanne batendo na minha janela, abri para ela entrar e deitamos juntos. Não comentei nada com ela.

Apenas disse:

— Vou ser eletricista.

Ela sorriu, me beijou e fechou os olhos.

MEMÒRIES PÒSTUMES DE MACBETH

MEMÓRIAS PÓSTUMAS DE MACBETH

JONAS

A primeira vez que vi Jonas, era um dia de outono. Um menino de cinco anos. Filho de camponeses. Ele se aproximou sorrindo. Queria chegar perto do meu cavalo. Eu passava muito por aquela estrada, onde ficava a sua cabana.

Ao lado, uma taberna, onde eu e meu séquito nos restaurávamos. Eu o vi umas quatro vezes, durante o outono. Lembro do seu corpinho. Jonas era um menino com ar aristocrático. Mesmo sempre faminto e sujo.

Passei todo o inverno pensando em Jonas. Eu nunca tive filhos. A primeira vez que desejei ter um filho, foi quando senti Jonas nos meus braços. Durante o inverno algumas coisas me ocorreram. Eu poderia tirar Jonas daquela miséria e transformá-lo no Senhor de todas estas terras. Eu posso mudar todo o destino de uma criança.

É como ser Deus. Imagino seus olhos ao entrar no meu castelo. De comer o que quiser, a hora que quiser. De dar todos os cuidados médicos, para que crescesse saudável. Colocar sua educação na responsabilidade dos maiores filósofos da Escócia.

De que adianta termos um Império, se não temos um filho? Quando estava triste, pensava em Jonas. E me alegrava. Logo no primeiro dia de primavera, estava decidido. Eu iria buscar aquele garoto. Aquilo me dava energia. Me sentia grande só de pensar na possibilidade de ter o garoto.

Eu o chamaria de filho. E quem o desrespeitasse seria punido severamente. Talvez ele tenha sido enviado por Deus. Para dar sentido à minha busca. Mas o que eu busco?

Venho de uma família rica. Meus irmãos estudaram e são grandes homens. Casaram-se com senhoras nobres. Nenhum deles se aproxima do povo. Tive tudo. Nunca me faltou nada. Absolutamente nada. Não conheço a fome.

Ao chegar à taberna e procurar, na cabana, por Jonas, disseram que ele havia morrido. Ele e muitos outros escoceses. De fome e frio. O inverno é cruel para os miseráveis. Fiquei muito abalado. Desconfiei dos pais do menino. Eles teriam sacrificado Jonas para eles próprios não morrerem de fome.

Mandei matar o pai. Um sujeito jovem, magro e servil. Acho que lhe fiz um favor, não ia durar mais um inverno. Poupei a mãe. Ela deveria cuidar dos outros filhos. Não me interessei por nenhuma outra criança.

Logo depois deste episódio, fui chamado a guerra. Para defender o Rei Duncan. Ele foi sempre como um pai para mim. Ou ainda, um irmão mais velho. Haveria tempo, depois desta guerra, para eu ter um filho meu.

Achava que as batalhas me fariam esquecer de Jonas. Não fizeram. Pelo contrário.

Até hoje, acho que Jonas teria sido um rei grandioso. Morri sem ter tido um filho. Este episódio com o Jonas, me ensinou que não devo mais perder a oportunidade. Se desejo alguma coisa, devo tomá-la no mesmo instante. Mesmo que me arrependa depois. E me arrependi, mas teria me arrependido mais, se não tivesse tomado.

Meu nome é Macbeth. E eu sou um homem de ação. Apenas um homem. Um homem comum. Mas de grandes feitos. De conquistas extraordinárias.

MURALHA DE ADRIANO

A Escócia é uma imensidão de campo aberto sem fim. O céu era cinza, quando avistei o muro. A enorme muralha de Adriano. Quando criança, eu li as memórias do Imperador Adriano. Ele era sobrinho do Imperador Trajano. Trajano não tinha filhos. Ele, Trajano, deveria dizer quem deveria ser seu substituto, antes de morrer. Mas ele não dizia. Mesmo velho e doente, ele não dizia, quem deveria ser o seu sucessor.

Trajano era um general. Como eu. Acredito que um general é, antes de tudo, um soldado. Dizem que, se soldados de diferentes exércitos, se conhecessem, eles em vez de guerra poderiam disputar um torneio.

Um campo de batalha, seria um torneio de cavaleiros. Sabe o que acho? Eu odeio torneios, por isso acho que a minha vocação é de militar mesmo. Adriano era sobrinho de Trajano. Eles eram uma oligarquia de militares espanhóis, que tomaram o Império Romano. Sei lá onde é a Espanha, mas naquela época eram todos Romanos. Menos nós escoceses.

Por isso, construíram esta muralha, na divisa da Inglaterra com a Escócia, para que nós, bárbaros, não atravessássemos para o lado do Império. Mas agora eu sou Macbeth. Você ouviu a bruxa dizer que serei o rei da Escócia. De toda ela, do Sul e do Norte. Desta imensidão.

Eu sou diferente de Adriano. Ele era um homem estudado. Gostava de filosofia. Ele se preocupava muito com artes. Era de uma alma sofisticada. Eu não sou. Eu sou um homem de ação. Sou?

Se o meu destino é ser rei. Por que não faço nada a respeito? Mas vou fazer. Eu vou fazer com que os escoceses sejam respeitados. Nunca mais nós os escoceses vamos pertencer a um império.

Foi aí que pensei em ser rei. Depois fiquei muito tempo olhando para aquela muralha. Foi a primeira vez que pensei em minha saúde mental não ser a melhor possível. Eu não tinha definitivamente o estilo do Imperador Adriano. Talvez eu não fosse o rei da Escócia ainda.

Pouco me importavam as belas artes ou a filosofia Grega. Adriano foi o primeiro a imaginar uma Roma eterna. Eu tinha um aperto no peito. Os romanos nunca quiseram saber do norte da Europa. Também aqui tem o quê? Só faz frio, e somos um atraso. Os romanos chamavam a Inglaterra de "longe". Chamaram a capital que fundaram na Bretanha de Londres, Que na língua deles significa, longe de Roma. Londres. Adriano queria ir para o leste até a Pérsia. Tal como Alexandre.

Ela tinha 16 anos eu tinha 15. Foi ela que me falou pela primeira vez em Adriano. Ela sabia todos os nomes dos Imperadores Romanos. Eu nem sabia o que era Roma. Ela me ensinou história da antiguidade. Vou ficar um tempo sem a ver. Sabe-se lá, quanto tempo dura esta guerra. Já não sou um jovem, meus cabelos começam a ficar grisalhos. Mas tão pouco sou um velho. É uma idade que ainda estamos com um pé no verão e outro no outono. Foi um período de relativa paz, esses anos passados.

Por issjo, eu não tinha a experiência viva da guerra. Um monge, certa vez, me disse, que os antigos escreveram que numa guerra, o treinamento vale mais, muito mais, do que a experiência. Tínhamos mais terras, do que os olhos podiam enxergar, e mais largas, do que um dia de viagem a cavalo. Logo aquela guerra não era para preservar as terras ou aumentá-las. Era uma batalha pelo poder.

Porque um cavaleiro, mesmo sendo dono de intermináveis terras, mesmo assim, sempre terá alguém que diga como deverá viver. Sempre há o Senhor do Senhor.

É isso que ela me dizia sempre. Nesta guerra, as sortes estão lançadas. Talvez este tenha sido o meu maior desafio. Sair daquela vida, de passar as tardes a olhar para as nuvens no céu. E tomar o caminho do esforço. Da disciplina militar.

Ao final daquilo tudo, teria um título. Não que já não tivesse posses e títulos. Mas não havia o reconhecimento. Quando cheguei ao castelo onde todos os nobres se encontravam, me dispersei nas brincadeiras e confraternizações. Não me dei conta de que alguns mais focados, já se movimentavam para tirar proveito da guerra.

Foi numa saída a uma taberna próxima, à noite, que pude notar o desespero da população, em relação ao futuro. Uma guerra é uma incógnita. Foi ela quem me escreveu. Me disse que eu deveria me colocar, e trabalhar mais duro.

Neste dia, antes de Duncan dividir os exércitos, acordei decidido a ser um general. Ninguém se opôs. Parti com meus homens. Me impressionou como todos me obedeciam. Como era fácil comandá-los. Era como se eu fosse o cérebro daquele imenso corpo, e eles todos fossem só membros.

A primeira batalha foi mais fácil do que esperava. Rápida e silenciosa.

Depois vieram outras igualmente tranquilas.

Eu sou de alma prática. Não faço prisioneiros. Não enterro os meus inimigos. Não perco tempo com eles. Eles não se importariam comigo também.

Em pouco tempo percebi o segredo da vitória: não ter remorso. Não ter piedade. Não relutar. Pensando agora, acredito que se tivesse encontrado as bruxas, antes da guerra, tudo seria diferente. Na estrada, voltando depois da vitória. Eu era um general, invencível. A bruxa leu na minha mão. Meu destino era ser grande.

"Tu serás rei da Escócia ". Ela disse.

Mas ainda era um nobre de terceira classe. Desconhecido para muitos outros nobres escoceses. Às vezes, tinha dúvida se Duncan, realmente, sabia quem eu era. Com certeza os nobres já deveriam ter ouvido meu nome. Mas eu era algo nebuloso na cabeça da maioria.

Será que a guerra, e tantas batalhas vencidas, teriam me feito mais conhecido? Talvez ter sido mais impetuoso, ainda mais do que fui. Se queremos ser grandes, temos de fazer grande. Eu devia ter queimado as vilas. Matado as crianças e as mulheres.

Aliás, deveria ter feito tanta coisa. Mas eis que me chega a notícia, de que Duncan me dera o título de duque. A primeira profecia da bruxa se concretizava. Isso porque um Duque estúpido, tentara se voltar contra Duncan. E fora morto. Logo seu título agora era meu. Suas terras também. Depois pensei. Se este Duque tentou dar um golpe em Duncan, é porque enxergou a possibilidade de conseguir.

Talvez, Duncan não seja tão amado. E nem tão poderoso. Mas o destino me mostrava, que deveria ser mais ardiloso, se quisesse trair Duncan. Ou seria melhor me contentar com o título de Duque?

Qual a diferença que este título me faria? A não ser obedecer ainda mais a Duncan? Aquilo não saía da minha cabeça. "Tu serás rei da Escócia".

Eu vou escrever para ela. Contar o que a bruxa disse. Mas acho que ela já cansou de ouvir os meus projetos. Eu falo, falo, falo que alguém disse que sou talentoso, que vou longe, mas nunca vou. Que recebi um elogio. E nada acontece.

Às vezes, acho que Deus não existe. Ninguém está predestinado. Somos nós que fazemos nosso tempo presente, e nosso futuro. E nisto não há o menor romantismo. Nestas vezes, em que fico cético, é quando acho que a minha saúde mental está boa. É boa. Se quero ser rei, vou ter de trabalhar para isso. Sim, eu quero.

Mas o que escrever para ela? Talvez seja melhor esperar, não falar nada, e de repente quando menos se espera me torno rei. Um mês? Um ano? Dez anos? No final da vida. E se for ao final da vida, terei pouco tempo como rei. De que adianta a fama e reconhecimento virem no final da vida?

Não posso falhar. Se me pegam como traidor, o que aconteceria com ela? Pior do que me tirarem a vida é imaginar que ela, minha amada, continuará a viver desamparada e humilhada. Mas se ela se casar de novo? Pior.

A CARTA

Aos poucos vou me lembrando. Era um general, mas ainda não era rei. Agora não sei mais. Se era eu quem queria ser rei, ou se foram as bruxas, que me despertaram a ideia. Mas se elas despertaram a ideia, é porque a vontade já existia. Elas nada mais foram do que um despertador.

Do mesmo jeito que Adriano não era imperador antes de Trajano morrer, eu também não era rei enquanto Duncan, o rei, ainda vivesse. Logo, seria necessário que Duncan morresse.

Eu tinha uma esposa. A menina de 16 anos. Ela agora é uma mulher, e é a minha mulher.

Querida esposa, encontrei uma bruxa na estrada. E acredite, a bruxa ao ler a minha mão, fez uma profecia, que serei rei, rei da Escócia. Mas ela não disse quando. Você, minha companheira, meu amor, acha que devo, ou melhor, que devemos esperar? Ou deveríamos tomar uma atitude?

Agora não me lembro se a ideia partiu dela, ou de mim. Ou dos dois. Contar para ela que a possibilidade existia me deixou excitado. Mas qual a função das bruxas, então? Quem são as bruxas? Se elas trazem uma notícia, uma possibilidade que pode transformar a minha vida, por que são chamadas de bruxas?

Porque talvez, eu não consiga. Tenho medo. E se algo sair errado. E se for preso? Não suporto o simples pensamento. Viver nas masmorras. Como um animal. Ou ainda morrer enforcado ou a pauladas.

Como vou conseguir matar o rei Duncan? Ele é meu primo,

é bom comigo. Por que querer as responsabilidades de ser rei. Responsabilidades? Se for rei, deixarei as responsabilidades para os outros. Vou desfrutar, isso sim.

Não gosto de receber ordens! Não gosto que decidam como a Escócia deve ser. Eu sei como ela deve ser. Sou um escocês. É normal um rei ser assassinado. Muita gente mata reis. Muitos, inclusive, devem estar pensando o mesmo que eu nesse momento. Em matar Duncan. Quem será que está pensando isso?

Ninguém nasce rei. Provavelmente, Duncan também pensava em matar o rei antes dele, quando Duncan ainda era reserva. Muitos reis são mortos. Júlio César. Quem matou foi Brutus. E César: "Até tu, Brutus?" Claro, quem mais tinha interesse na morte de César? Quem herdaria todo o poder e ouro? O filho.

"Até tu, Brutus?" Principalmente Brutos.

Talvez Brutus deva ter conhecido as bruxas. Não tive tempo de perguntar a elas. Mas também Duncan poderia se matar. Sim, reis também se matam. Mas eu conseguira que Duncan se matasse? Eu poderia planejar uma armadilha.

Vou mandar a carta. Preciso de alguém, que tenha uma visão com distância. E se a minha mulher achar tudo isto uma traição, uma falta de ética? O que eu faço? Desisto do plano, ou troco de mulher? Ela tem de me apoiar, sem ela não vou conseguir. Mas por que não vou conseguir? Ela é só uma mulher, eu é que sou um general viril e poderoso. Já matei muita gente nas batalhas. Isto fez de mim um herói. Matar um rei vai fazer de mim o quê?

É só eu não ser fraco, ninguém vai saber de mim. Mas seria muito melhor se Duncan se matasse. Mas que motivo ele teria?

Todos te amavam. Agora, caro primo, não acredito que nada pode voltar. Tu ainda podes eternizar todo o teu passado. Ao contrário do que todos os pessimistas pensam, há sim uma saída. A morte. Sim. Pode parecer algo extremista, mas por ser radical é que as coisas mudarão do dia para a noite.

A solução, caro primo, é unicamente esta: a morte.

Veja os clássicos. Os grandes poetas, sempre terminam com a morte. Além de uma solução política, a morte também é uma solução estética. Para isso precisamos, se Vossa Majestade já te convenceste, precisamos de uma morte épica. Majestosa. Dê-me a ordem. Depois, já poderemos pensar no funeral. Algo monumental. E finalmente anunciaremos o teu sucessor. No que eu, primo, sugiro desde já o meu nome. Explico.

Eu sou um tanto medíocre, não sou belo. Sou incompetente. Nada inteligente, não tenho projetos, maturidade e nada que preste. Sou enfim um preguiçoso. Logo o meu reinado será infinitas vezes inferior ao teu. E todos dirão por décadas: Bom era no tempo de Duncan, o rei!

Ele pode aceitar, mas tentará voltar alguns anos depois da morte? Como alguém pode voltar da morte? Entendi, o povo esquece. E mesmo que a morte seja mentirosa, o povo perdoa, porque quer voltar a ter a bonança de antes.

Tem razão, esta ideia é cretina. Quem me assegura, que mesmo que convença meu primo, o rei Duncan, a se matar, ele me faria seu sucessor? Ele vai coroar os filhos. Eu não quero que ninguém saiba das minhas intenções. Por isso, é melhor escrever para minha esposa. Sim, ela é, a minha cara-metade.

Quanto tempo mais Duncan viverá? Por mais que eu me aproxime, quem me garantirá que ele fará de mim seu sucessor? Ele dará o trono a um de seus filhos. Seus legítimos herdeiros.

PORTÃO DO CASTELO

Veja, chegamos ao meu castelo!

Lembro quando meu pai o construiu. Antes ficávamos todos no antigo castelo dos meus avós. O castelo dos meus avós, já tinha 150 anos. Este é o terceiro portão que colocamos. Foi a única coisa que trocamos. As árvores... Veja as árvores. Elas já existiam quando eu era criança, já tinham esta altura. Certa vez um velho pescador, já muito velho, me disse que quando criança se sentava nas raízes destas árvores.

Dia lindo que faz hoje. Como o mar está esplêndido. Olhando assim o meu castelo perco um pouco da ansiedade do que tenho de fazer. Matar Duncan. Enquanto não resolver isto, não terei paz.

Mas será que se resolver isto, eu terei paz? Como eu vou ficar?

Fico aqui olhando este castelo. Tão formoso e bem construído. Ele não só abriga do mau tempo, como também proporciona beleza aos olhos. Pode servir de espaço para festas e bailes. Quantos homens não sonham em ter um castelo como este? E, no entanto, eu o tenho e não estou satisfeito.

Fico imaginando o que o homem comum pensa deste castelo? Meu pai ficou tão orgulhoso e realizado quando terminou a obra. Meu pai nunca foi rei. Mas foi um homem que prosperou. Teve família. Trabalhou, foi honesto.

Meu pai trabalhou muito e foi honesto. Foi um grande homem em todos os sentidos. Mas nunca foi rei. Será que meu pai quis ser rei? Será que ele invejava os reis?

Minha mãe também nunca foi rainha. Mas neste castelo,

ela era senhora. Aqui na região, minha mãe era a senhora mais poderosa. Mas o que é a minha vila, perto do mundo? Perto de toda a Escócia? Vai ver meu pai pensava: "Eu não sou rei, mas um de meus filhos há de ser um rei".

Tenho que fazer isto por meu pai. Pela família. Minha família.

Seria tão mais fácil se Duncan me tivesse feito algo de ruim. Tivesse feito algo que eu desejasse agora me vingar. Mas ele nunca me fez nada. Sempre me tratou bem. Certa vez disse que meu pai foi um grande homem.

Fiquei orgulhoso de ouvir da boca do rei, que meu pai foi um grande homem.

O Imperador Adriano era mais delicado do que eu, e isto não o impediu de ser um conquistador, um assassino. Eu sou bronco, talvez por isso, tenha mais dúvidas do que os cultos. A praticidade vem de quem é estudado. Veja os engenheiros, os médicos. Ou vem também, dos peões que são paus mandados. Mas eu não sou um nem outro.

Eu sou Macbeth. Da próxima vez que entrar neste castelo, que não esta de agora, serei um rei. E isto será um palácio e não um castelo. Melhor eu entrar e encontrar logo minha esposa. Minha sócia nesta empreitada. Realmente não conseguirei sem ela.

Se continuo vendo o vento a bater nas árvores, o céu azul e as ondas quebrando ao fundo, com esta maravilha arquitetônica que é meu castelo, começo a pensar e sentir como um homem comum e me dar por satisfeito pela vida que tenho.

Pior, daqui a pouco posso querer agradecer a Deus, pelo que tenho. Não é uma questão de ter e sim de ser. Ouro e conforto, a princípio trazem satisfação, quando imaginamos que poderíamos ser pobres ou miseráveis. Mas a verdade é que a longo prazo, vai nos dando preguiça e melancolia.

Vamos entrar! Vamos enfrentar esta adrenalina e ir à busca de muitas outras, bem no meu castelo. Vou matar alguém no meu castelo. Um lugar que vem desde a minha infância. Minha casa. Da qual conheço todos os quartos.

O prêmio será grande. Da próxima vez que passar por este portão, serei um rei.

O que será que se passa na cabeça de Duncan, quando ele chegar ao portão?

"Vamos logo entrar porque aqui fora não estou seguro".

Será que ele sente algum agradecimento pelo anfitrião? Será que repara como a casa está arrumada para a sua chegada? A verdade é que é uma honra receber um rei em casa. O rei é o representante de Deus na terra. Quem, seus amigos e conhecidos podem hospedar, que seja mais poderoso do que Deus?

Nem a catedral da cidade, recebe visita mais ilustre, e se recebe, um rei não dorme e come dentro da igreja, mas sim na casa de quem o recebe. Até os servos tratarão seu Senhor com mais respeito. Eu servi um rei, eles dirão. Graças ao meu Senhor, que é poderoso e amigo do rei.

Qual a vantagem para quem recebe? São gastos enormes. O rei vem, traz dezenas de bocas para se alimentar junto com ele. Pessoas que também exigem lençóis de mil fios, produtos importados, três toalhas por dia. A água da caixa d'água acaba. E quem paga, e corre atrás de tudo para que nada falte, para que tudo esteja perfeito? O anfitrião.

É necessário até alugar material de festa. E se os convidados quebram os pratos, quem é que arca com o prejuízo? O anfitrião.

O que será que Duncan pensa de mim? Um rei sempre é bem recebido, não importa onde. Acho que não pensa é nada. Ou será que ele desconfia de mim? Dizem que ele me considera um aliado, um amigo. Mas acho que até para os seus inimigos um rei diz isso, que são seus aliados e amigos.

Será que um rei tem amigos?

No fundo, a arte de ser recebido ou receber é a de deixar o convidado, o hóspede como se estivesse em casa. Na sua própria casa. Pobre Duncan, mal sabe o que lhe irá acontecer ao cruzar estes portões. Ele sairá daqui como um rei.

Mas um rei morto.

Por isso vos digo: cuidado com os convites que recebem. Cuidado. O homem que nunca é convidado para nada, se sente sem prestígio, só e desamparado. Aqueles que, ao contrário, recebem tantos convites que mal dão conta de aparecer em todos, estes devem desconfiar.

Mas o que estou dizendo? Eu não convidei Duncan, foi ele quem se convidou.

Esta é a vantagem de ser rei. Você chega onde quer, a hora que quer, tudo está ao seu dispor, e todos estão dando o máximo para servi-lo bem e recebê-lo ainda melhor. E ficam gratos e felizes.

Mas entremos, que a noite já vem. E quero logo ver a minha amada Lady. Ensaiar os movimentos todos, para que tudo saia perfeito. Minha lady Macbeth, que logo será rainha.

O ASSASSINATO

Pronto, finalmente estou em casa. Vamos recapitular, o que eu e a futura rainha combinamos. A festa está acontecendo. O rei e sua comitiva vão beber bastante. O chefe do cerimonial foi incumbido de manter as taças sempre cheias, não importa o que aconteça.

Pronto, vou pegar minha faca, ou melhor, não pode ser a minha faca. Quase que cometo um deslize. Não pode ser a minha faca. Sou um militar, sou um general. Nunca matei ninguém. No campo de batalha, sou eu que planejo a estratégia, mas nem sempre entro numa batalha. Nunca matei. Nunca matei um inocente.

Não pode ser a minha faca. Mas espere um pouco. Eu não tenho uma faca. Por que eu deveria ter uma faca? Não sou chefe de cozinheiro. Isso... Vou usar a faca dos cozinheiros, a faca dos açougueiros.

As dançarinas vão até de madrugada. O que estou falando? Neste castelo só tem homens. Ô história para ter personagens homens esta a minha. E quando são mulheres são as bruxas. No castelo inteiro, só há a minha Lady Macbeth de mulher.

E mulher de corpo, porque ela é fria e assassina como um homem. Assassina como um homem? Seriam as mulheres mais pacíficas do que os homens? Não sei. Há também as armaduras, muito bem lembrado, tenho de conferir se Duncan estará usando uma armadura.

Mas se a minha mulher é a única mulher do castelo, logo deve haver um monte de homens atrás dela. Preciso ficar mais esperto. E Duncan? Será que Duncan e minha mulher são amantes? Será que estão juntos, tramando para me prenderem e ficarem livres para se casarem?

Que ideia absurda Macbeth!

Recapitulando. Todos vão beber muito, logo vão ter um sono pesado. Então, finjo ir até a cozinha beber água. Bebo a água para disfarçar. Pego a faca. E escondido vou até o quarto de Duncan.

Mas espere. Quem bate à porta? É Duncan. O combinado era eu ir até o quarto dele, e matá-lo lá. Tanto melhor, porque já peguei a faca na cozinha. Vou deixá-lo entrar e matá-lo aqui no meu quarto. Posso dizer o contrário. Foi ele que veio ao meu quarto me matar. E eu, quando o vi, me defendi.

Ele bate à porta de novo.

Coragem Macbeth. Agora é com você. Entre Duncan, minha casa é a sua casa. Eu estava agora mesmo querendo falar com você.

Ele ficou um tempo comigo. Dizia que tinha planos para mim. Será que ele desconfiou de algo? O que eu e minha mulher poderíamos ter dito ou feito? Que gesto nos traía?

A bruxa. Ela poderia também ter encontrado Duncan. Por que ele veio me visitar, afinal? Enquanto ele falava dos planos futuros e de nossa vitória, eu desconfiava. Talvez em pouco tempo, fosse me matar e me tomar o castelo. Do mesmo modo que matara o outro Duque. Talvez eu tenha subestimado Duncan, e ele é mais astuto do que eu.

Mas não. Sorriu, deu boa noite e se foi recolher. Já há mais de hora que foi se deitar.

Os soldados dormem. Todos estão quietos. Não posso decepcionar minha mulher, meu amor. Tem de ser agora. É agora

Macbeth! A noite parece agora tão suspeita. Não sei se ela me ajuda ou espera somente para me ferrar.

Ali está ele. Pronto, aqui tenho a faca. Lá vou eu. Espere! Ouvi um latido. E daí? O latido foi longe. Aqui é minha casa, meu castelo. Acho que ele abriu os olhos. Está escuro, não dá para saber. Será que Duncan está me olhando?

Vai Macbeth!

Pense na sua mulher! Em como isto os tornará felizes. É o que falta para vocês serem felizes. Se você falhar, a deixará arrasada. É a sua chance. Tal qual você perdeu a chance com o menino. Com Jonas. Você não terá outra oportunidade. Não terá.

Vai, Macbeth, agarre o mundo. Este trono é seu. O destino está me dando. É só tomar. Não vou conseguir. Mas também não posso desistir. Não posso matar um rei. Mas desejo o trono.

Minha mulher será rainha!

Pronto. Agora tenho de sair daqui. Com calma.

No pátio cruzo com ela.

"Está feito".

Na minha cabeça, ela já era a rainha.

Agora veja este mar. O dia já vai amanhecer. Qual será o fim deste mar?

Serei dono desta imensidão. Vou conquistar os ingleses. Quantas ilhas iguais à Grã-Bretanha existem? Será que o fim do mundo navegando por este mar é longe? Lá vem o sol. É a primeira vez que o sol nasce, e sou rei. Agora todos me conhecerão. Estes nobres que nada são além de farsas, vão se curvar diante de mim. Não me conheciam, mas agora são meus vassalos. Vou cuspir em todos grandes nobres, que nunca me olharam de frente. E juro que matarei todos os seus filhos.

Vou fazer uma nova Escócia. Porque a antiga nunca me deu o valor necessário. E vou provar que tenho valor. Antes achavam que o pobre Macbeth, era um cavaleiro qualquer. Um medíocre.

Melhor entrar, e só sair depois que descobrirem o corpo morto de Duncan. Viva o novo Rei! Viva! Incrível como este sol parece novo, e o mar nunca foi tão agitado. Ambos estão me saudando. Corro para o meu quarto. Ela está deitada. Arranco suas roupas. Viro-o de costas e a penetro. Puxei seus cabelos e senti aquela pele branca quente. Os músculos dela. Seus gemidos.

Desde o começo da guerra que não fazíamos amor. Agarrei seu pescoço com as duas mãos. Senti seu sangue fluindo nas veias. Agarrei seus seios. É como se fosse a primeira vez que a possuía.

Minha Lady Macbeth.

ÊXTASE

Se soubesse que me sentiria tão leve, eu teria matado mais gente no passado. Sim. Sofremos tanto antes de cometer o ato.

Há pouco eu sofria. "Será que eu vou conseguir?" E agora estou com a alma leve. Estranho, dizem que o assassino fica com a alma pesada, depois que comete um crime. Que absurdo! Estou um pouco exausto, é claro. Mas me sinto tão bem. Me sinto como depois de me exercitar. Antes temos aquela preguiça, mas depois sentimos aquele prazer de dever cumprido.

stou leve. Pronto para o próximo assassinato. Se soubesse que seria assim tão relaxante, teria matado antes.

Não sinto, nenhum remorso. Os fracos é que sentem remorsos. Para ser rei é necessário ser um criminoso. Depende do ponto de vista. Porque para mim, criminoso era o Duncan. A coroa era minha.

Por que deveria respeitá-lo e reverenciá-lo se sou mais forte?

Bom, tudo me deu uma fome. Com certeza, as pessoas já devem estar sabendo, que sou o rei. É melhor fingir que nada sei. Não posso ser eu a descobrir que o rei Duncan foi assassinado. Não sou eu que vou achar o corpo, seria muito suspeito.

Eu tenho de culpar os outros pela morte. Como o castelo é meu, muitos cavaleiros fugiram. Inclusive um filho de Duncan. A culpa recai em quem foge. Eu nunca fugi.

Apesar de ter feito coisas que não me deram nenhum prazer, nunca fiz nada inútil para mim. Tudo que já fiz, ou faço, é em benefício próprio.

Às vezes, penso que todos somos assim. Do camponês que

trabalha na terra que não é dele, ao mais desavisado, parece que ele serve ao seu Senhor. Mas não. Ele serve a si mesmo. Claro que ele preferiria ter a sua própria terra. Tem ele coragem de arriscar uma vida estável, segura, nesta empreitada sem garantias?

Não, não tem.

Na verdade, eu não passo de uma camponês. Digo passava. Agora sou rei. Antes, tinha terras e castelo, que eram concessões do rei.

Não escolhi morar neste castelo em especial. Assim como o camponês não escolheu morar nas minhas terras. Aconteceu.

Acredito que todos os camponeses, meus súditos, mesmo que desconfiem que matei Duncan, vão me admirar.

Fiz o que eles sonham nos seus íntimos. Me tornei Senhor de mim mesmo.

Sinto que a minha missão na terra, está mais próxima.

Nunca pensei em casar-me com outra mulher, que não fosse a minha amada esposa.

Casamo-nos em uma capela. Uma cerimônia rápida.

Era de tarde. Um céu azul, mas o dia estava um pouco quente.

Saímos da pequena capela, e passamos pela porta da enorme catedral de São Bento. Os sinos tocavam quando nos beijamos. Era primavera.

O começo do casamento foram os melhores anos. Ela veio morar no meu castelo.

O sexo sempre foi esplêndido. Apesar de ela, às vezes, dizer o contrário. Coisas de mulher.

Aos poucos ela foi mudando minha casa. Discutia com os

criados. Mudava as cores, as coisas. Tudo.

Confesso que muitas mudanças foram ótimas. Talvez como todo homem solteiro tinha dificuldade em tornar minha casa, um lar.

Depois de mudar o meu castelo, que na verdade como disse, é meu, mas era do Rei Duncan também, como não havia mais o que mudar, começou a tentar me mudar.

Passou a me fazer críticas diárias. Algumas, tinha razão.

Só o tempo para nos transformar. Assim como não sei se tivesse encontrado a bruxa antes da guerra, teria força e determinação para assassinar Duncan e tomar o seu trono, tão pouco sei, se as tais mudanças, que a minha mulher gostaria em mim, viriam sem o amor que tenho por ela.

Todos nós homens somos ambiciosos. Converse com homens. Ao mesmo tempo em que a natureza da mulher inveja a beleza física de outras mulheres, os homens invejam a riqueza de outros homens.

A questão é que minha mulher é algo diferente. Ela não invejava a beleza feminina de outras mulheres, por ser ela mais bela que as outras. Por isso, passou a invejar as mulheres e os homens, mais ricos do que ela.

Depois do casamento, minha amada mulher passou a me atormentar com reis e nobres maiores do que eu. Ela achava que os nobres eram grandes, pois se esforçaram para tanto. Me acusava de ser preguiçoso, e sua admiração por mim de antes do casamento, foi sumindo. Assim como seu amor. Será?

Não digo que fiz o que fiz para ser amado. Talvez, inconscientemente, a escolhi, por sua ambição. Pressenti que sua energia me levaria para o alto. Outras vezes penso que não. Por mais feroz e agressiva que ela seja, eu sou mais. E talvez ninguém tenha detectado, de que Macbeth, apesar de doce, generoso, apesar de Macbeth se identificar com os camponeses, Macbeth é um monstro, um fundo infinito de ambição e ódio.

É algo na minha alma. A capacidade de odiar sem limites, e em minutos voltar ao normal e apreciar um cair do sol. E tudo isso, sou sem disfarce, sem mentiras.

Nunca menti para Duncan. Eu gostava dele. Me era prazerosa sua companhia. Mas também me foi prazeroso matá-lo. Agora vejo, que minha mulher, não é tão forte quanto acreditava que ela era. E vejo que não sou tão fraco, quanto ela acreditava que eu era.

Será que nós erramos?

Teria este ato de ambição estragado nosso casamento. Ela sempre me falou que teve outros amantes antes de mim, mas que não eram poderosos, e ela gosta de homens poderosos. Será que sabemos de verdade do que gostamos? Éramos tão felizes no começo. Por que também fui falar da bruxa, que vi na estrada?

Eu não devia contar tudo a ela. Foi o que meu pai sempre disse. Para não contar tudo, nem nossos segredos para nossas esposas. Que segredo meu pai tinha? Nenhum.

HISTORIADORES

Um rei, na verdade é uma pessoa que não quer encarar a sua existência. "Se as pessoas soubessem do que falam delas pelas costas, ninguém mais teria amigo no mundo".

De novo, estou desconfiado de que a minha saúde mental não está boa. Estou exausto, preciso dormir. Preciso dormir! Onde está Lady Macbeth? Está vindo um som. Esta música é ela que está tocando.

Eu a amo. Amo esta música. Estou muito feliz! E livre.

Espere! Tenho de ter cuidado com os meus inimigos. Desconfio de todos

Agora eu estou exausto e preciso ir dormir. E não vou fazer nada contra os velhos. Os velhos não são perigosos. Os jovens é que são. Os recém-nascidos são perigosos. Porque serão jovens. E o jovem sempre quer acabar com o velho. Porque o jovem não aguenta, não suporta o cheiro do velho. Aí está! Já sei!

É o caso de mudar o cheiro dos velhos. Ou mudar o cheiro dos jovens. Aí os jovens vão acabar com os próprios jovens.

Começa a ficar confuso. Só há uma solução. Sim. Matar as grávidas. As bruxas disseram que um recém-nascido vai me tomar o trono no futuro. Tenho que matar as grávidas. Como devem ser muitas, vamos nos concentrar na mãe do Messias.

Eu sou o demônio? Quem mata crianças, antes mesmo delas nascerem, é um monstro. Acontece que o poder não vem para os fracos. O poder não vem, para os que não têm ação. Ele é dos que passam por cima dos outros.

Ninguém vai me dar uma coroa. Eu tenho de me coroar, de me autocoroar. Ninguém vai me incentivar a ser o rei. Mas eu sou. Eu me incentivo. Por onde você entrou? É Ducan. Fui eu quem te deixou assim tão desfigurado?

Eu não quero falar com você. Vai embora. Volte para o além.

Passei a ter visões e pesadelos decorrentes das minhas ações. Mas minha mulher, sabiamente soube esconder dos outros. Eu quase me denunciei. Talvez ela fosse o meu ponto de equilíbrio. Não tenho mais certeza se tudo que eu contei até aqui, é verdade. Por mais cruel e sanguinário que eu tenha sido, nosso amor era verdadeiro.

Ducan, fui eu quem tirou a sua vida. Não sei exatamente quando isso aconteceu. Eu comecei a desprezar meus amigos. Seus interesses não eram mais meus interesses. Eram fracos, ao mesmo tempo que eram ambiciosos. Admiravam os reis, mas eram incapazes de desejar o lugar deles.

Tenho nojo dos meus amigos nobres. Prefiro os camponeses. Um nobre é algo indefinido. Não é nem um rei, nem um servo. Exploram e humilham os servos, mas ao mesmo tempo são frágeis, aborrecidos, levam uma vida sem sentido.

Os meus amigos nobres, não possuem ética, nem honra. Respeitam quem os amedronta. Invejam quem os amedronta.

Ela me fez perceber, que meus amigos nobres, me desprezavam antes de eu ser rei. Nossos interesses já não eram os mesmos. Eu não ia mais bajular Duncan. Matar Duncan não me deu prazer. Me deu alívio.

Matar as mulheres e os filhos dos meus amigos, me deu muito

prazer. Talvez este tenha sido o motivo da minha queda. Da minha tragédia. Porque por mais cretinos, fúteis, parasitas que fossem meus nobres amigos, eram eles que me apoiariam numa guerra. Como eu, que fiquei ao lado de Duncan na guerra.

Alguns foram piores. Pois matei só as mulheres e as crianças. Clamaram por vingança. Quando escreverem minha história, vão achar que foi a minha mulher, quem planejou toda a carnificina e não eu. Era eu quem tinha os amigos. Era carismático. Vão me chamar de fraco.

Acreditarão os poetas futuros, que tudo foi obra de um homem a serviço de uma mulher cruel. Mas minha mulher não era cruel. Minha mulher me amava, por isso suportou uma maldade maior do que o seu coração aguentava.

E quando nosso coração não vai bem, nossa mente se confunde, se arrepende, se exalta. E foi o que aconteceu. Meu maior medo se realizou. A vida da minha mulher se foi antes do tempo natural. Eu não tinha quem culpar.

Às vezes, acho que é melhor fazer o jogo deles. Confessar que matei Duncan. Confessar que as bruxas são na verdade meus delírios.

Se eles querem que eu diga que o sol é a lua, e que a lua é um queijo, e assim me deixarão em paz, por que não? Dizem que loucura se pega por convivência.

Agora vejo uma floresta se mover em direção ao meu castelo.
Eu sei que cada galho é na verdade um soldado.
Que me importa?
Minha casa não é mais um lar.

Meu reino não tem mais sentido sem minha rainha.

Vou segui-la.

Claro que os historiadores dirão que cortaram a minha cabeça, numa batalha sangrenta.

Lembro dos nossos gatos. Filhotes.

De acordar com você nas manhãs. No nosso castelo.

Não acho que perdemos. Fomos o rei e a rainha, que no fundo mais amor tiveram. E que mais crueldade fizeram.

É a prova de que do amor pode vir tudo.

Vai, Macbeth, coragem!

Me atiro.

Este livro foi impresso no inverno de 2023.

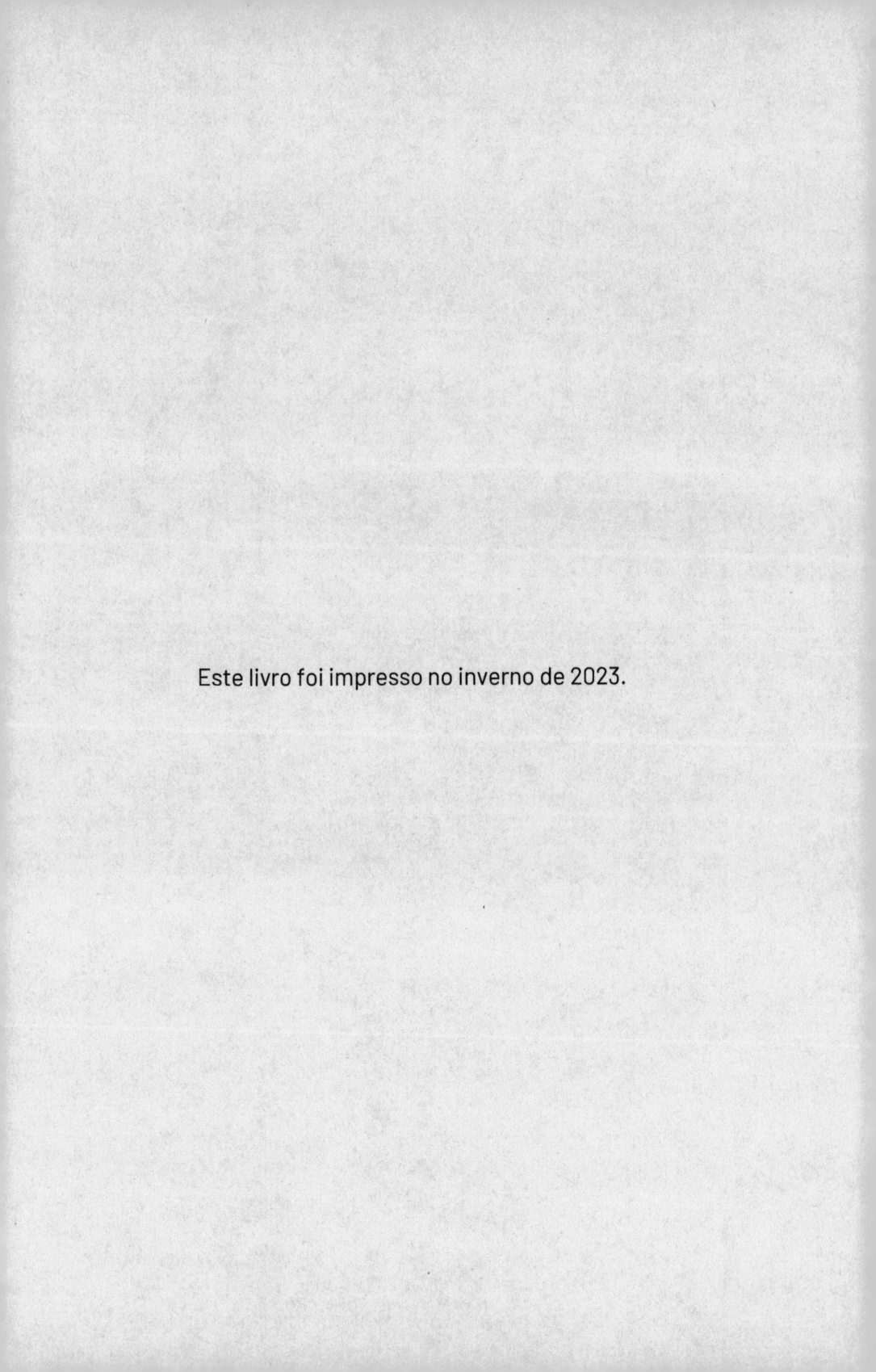